Klabund

Mohammed

Roman eines Propheten

Klabund: Mohammed. Roman eines Propheten

Erstdruck: Berlin, Reiß, 1917

Neuausgabe mit einer Biographie des Autors
Herausgegeben von Karl-Maria Guth
Berlin 2017

Umschlaggestaltung von Thomas Schultz-Overhage unter Verwendung des Bildes: Mirza Muhammad Rafi, Der Angriff des Löwen (Ausschnitt), um 1750.

Gesetzt aus der Minion Pro, 11 pt

Verlag: Henricus - Edition Deutsche Klassik GmbH
Mörchinger Str. 33, 14169 Berlin, info@henricus-verlag.de
Druck: Libri Plureos GmbH, Friedensallee 273, 22763 Hamburg

ISBN 978-3-7437-0409-1

Bibliografische Information der Deutschen Nationalbibliothek

Die Deutsche Nationalbibliothek verzeichnet diese Publikation in der Deutschen Nationalbibliografie; detaillierte bibliografische Daten sind im Internet über www.dnb.de abrufbar.

Ambra und Aloe und alle Wohlgerüche Arabiens über dich, den erlauchten Leser dieses geringen Buches. Du stehst mir nahe wie meiner Eltern Kind. Sei mein tapferer Bruder! Meine scheue Schwester!

Mohammed Ibn Ishak grüßt den edlen Gefährten und die anmutige Genossin einer kurzen Reise durch die Märchenwildnis seiner Schrift. Nach mündlichen Berichten und Zeugnissen und den gewissenhaften Erzählungen seiner Freunde schrieb er das Leben Mohammeds, des Gesandten Gottes, wie er es wahrhaftig erlebte. Möge Nachsicht seinem gewagten Unternehmen vergönnt sein! Die Agave muß blühen, das Weib muß lieben, die Sonne sich sonnen, Mohammed Ibn Ishak mußte dichten: die goldene Geißel und die rosane Entzückung seines Seins.

Der Schatten einer Palme segnete Aminah, die Liebliche, welche sanft dahingestreckt sich ihm vertraute. Die bronzene Wüste lag vor ihren Blicken, ein Kessel, der über unsichtbaren Feuern schwang. Ihre Ahnung irrte nach Westen. Dort hob sich eine Wolke Staub vom Boden, als entstiege sie einer Karawane. Mit lässiger Ängstlichkeit spielten ihre kleinen grauen Hände wie zwei Mäuse im silbernen Sand. Die Wolke aber kam näher, und sie nahm die Gestalt und den Glanz eines Jünglings an. Die Palme zu ihren Häupten begann zu tönen. Die Luft bestürmte sie. Zu schwarzen seidenen Kissen wandelte sich der Schatten, in dem sie lag. Eine selige Müdigkeit streichelte ihre Glieder. Ein strahlendes Echo zitternd gestammelter Liebkosung empfing sie aus der Wolke, dann sank sie rücklings in einen schwärmerischen Schlaf.

Als sie erwachte, hing ihr die Dämmerung ins Gesicht. Ihre Brüste stießen hell und hart ins Dunkle. Die schimmernden Brustwarzen berührten die steigenden Sterne, ihre Geschwister. Ermattet und erlöst sah sie den braunen Rücken eines Jünglings, der in das Abendrot schritt. In weiter Ferne unkörperlich sich entfaltete und in einer blauen Wolke entschwand.

Als Aminah einen Sohn gebar, da nannte sie ihn Mohammed. Sie empfand aber keine Wehen, wie die Weiber sonst, wenn sie gebären. Sie krümmte sich nicht wie die Weinbergschnecken. Sie schrie nicht wie der Schakal oder die wilde Katze. Sie lächelte, da sie ihn von sich nahm. Die Wunde schloß sich alsobald, sie erhob sich von ihrem Lager und eilte leichtfüßig, das Kind auf den Armen, nach der Kaaba. Dort brach sie in die Knie. Der schwarze Stein, der einst vom Himmel gefallen war, berührte die weißen Lippen des Säuglings, der, noch erblindet, sich an ihn saugte und Milch von ihm trank wie von den Brüsten einer Mutter.

Aminah aber war zart, und Mohammed ergriff sie mit den Pranken eines jungen Tigers. Da sprach Abd Almuttalib zu ihr:
»Ich werde gehen und eine Amme suchen. Denn das Kind ist stark, wie ich noch keines sah; es könnte dich töten ... Auch mangelt es an genügender Nahrung für dich. Wir haben Dürre und Hungersnot. Ich werde gehen zu den Frauen vom Stamme der Benu Saad, deren Beruf und Verdienst es ist, zu säugen.«

Abd Almuttalib ging auf den Markt, wo die Frauen vom Stamme der Benu Saad sich als Ammen anbieten, und rief: »Eine Amme für Mohammed, den Sohn der Aminah!«

Das Gemurmel der Frauen, das wie Plätschern eines tiefen Brunnens klang, riß mitten hindurch wie ein Leinentuch. Sie spitzten ihre Ohren wie Häsinnen.

Als sie aber hörten, daß der Name eines Vaters nicht ausgerufen wurde, überstürzten sich ihre Stimmen wie Kaskaden, um dann munter und eben weiter dahinzuplätschern.

Ein Waisenkind! Pah! Was soll es damit! Das Gehalt fällt mager aus, wenn der Vater fehlt. Und wo bleiben die üblichen Ehrengeschenke des Erzeugers an die Amme? Der Großvater wird sich nicht sonderlich um das Kind kümmern.

Abd Almuttalib lief den Markt auf und ab und rief: »Eine Amme für Mohammed, den Sohn der Aminah!«

Er lief den ganzen Vormittag. Als alle andern Frauen schon Säuglinge gefunden hatten, trat Halimeh, die Ärmliche und Unscheinbare, mit den schlaffen Brüsten, welche fürchtete, um ihren Verdienst zu kommen, auf Almuttalib zu und sprach: »Ich bin bereit, Mohammed, den Sohn der Aminah, zu säugen und zu pflegen ...«

Sie nahm den Knaben auf die Arme und trug ihn, mißvergnügt, daß sie ein Waisenkind davongetragen und weiterer Geschenke verlustig gehe, zu ihrer Kamelin, einem halbverhungerten kärglichen Tier, und schloß sich der Karawane der Ammen an, die mit ihren Säuglingen heimritten.

Als sie nun Mohammed an ihren schlaffen Busen legte, da schwoll er rund wie ein Granatapfel und gab Milch im Überfluß. Am Abend, da es sie hungerte und ihr Mann die Kamelin molk, molk er viele Eimer voll. Als sie sich zum Schlaf niederlegten, standen Dattel- und Feigenbäume um ihr Lager und sie tranken und aßen sich seit langem wieder einmal satt. Halimeh aber sagte: »Wisse, wir sind in einen Garten der Wunder getreten. Die Welt liegt hinter einem Rosenbusch. Palmen fächeln wie Mohrensklaven. Ich bin jung und wieder schön. Küsse mich Geliebter ...«

Das Land der Benu Saad, welches das unfruchtbarste Arabiens ist, wandelte sich, wo die Schritte Halimehs, der Amme Mohammeds, es berührten, zu einem paradiesischen Acker. Schwer mit Milch beladen schwankte Halimehs Vieh jeden Abend heim. Die Bäume warfen Schatten und Früchte ins ehedem leere Haus. Vögel und Blumen, die man vordem in dieser Gegend nie gesehen, blühten und zwitscherten um Mohammed und Halimeh. Nach zwei Jahren entwöhnte Halimeh Mohammed von ihrer Brust. Er aber verlangte noch oft nach ihr, bis in sein viertes Jahr.

Mohammed verbrachte die Tage als Hirt auf den Wiesen der Tochter Abu Dsueibs.

Öfter sprach Halimeh mit ihrem Mann: »Wundert es dich nicht, daß seine Mutter gar nicht nach ihm verlangt? Ist das noch eine rechte Mutter, die vier Jahre, zwei Jahre nach der Entwöhnung, sich gar nicht nach ihrem Knaben erkundigt?«

»Abd Almuttalib schickt regelmäßig das Abgehandelte und Ausgemachte. Und haben wir nicht sonderbaren Segen durch Mohammed? Bekümmere dich nicht um die unmütterlichen Gefühle fremder Mütter«, entgegnete ärgerlich ihr Gatte. Das Gespräch durchbrach, wie der Wolf die Lammhürde, bellend der Milchbruder Mohammeds, ihrer beider Sohn.

Ein riesiger Vogel, so erzählte er stammelnd, sei auf Mohammed, der sich bei den Tieren auf der Wiese befand, aus der Sonne herniedergestoßen, habe ihm mit dem goldenen Schnabel die Brust aufgehackt, so daß die Gedärme heraushingen, und habe in den Gedärmen gewühlt, als suche er das Herz. Da habe sich plötzlich eine schöne Frauengestalt, durchsichtig wie Glas und wie ein Schleier über die Wiese wehend, gegen den Vogel geworfen, der, von seinem Opfer ablassend, sich nunmehr gegen die offenbare Feindin wandte, sie mit seinen riesigen Krallen ergriff und mit ihr in den Lüften verging.

Erschreckt eilten Halimeh und ihr Gatte, der in Eile eine Hacke als Waffe an sich riß, auf die Wiese. Sie fanden das Vieh ruhig grasend und inmitten des Viehes auf einem kleinen Hügel Mohammed ohnmächtig, mit aufgerissener Brust und einer Wunde in der Herzgegend. Sie trugen ihn ins Haus und verbanden die Wunde, welche zusehends heilte.

Nach drei Tagen schon sprang Mohammed wieder, der über sein Erlebnis keine Auskunft geben konnte, zwischen den Eseln und Kamelen im Stall umher.

Aus der Beschreibung der schleierhaften Frau, die Mohammeds Milchbruder malte, schlössen Halimeh und ihr Gatte mit Bestimmtheit, daß es Aminah, Mohammeds Mutter, gewesen sein müsse. Das Abenteuer entsetzte sie aber dermaßen, daß sie beschlossen, Mohammed seiner Familie zurückzubringen und das Kostgeld aufzusagen.

Als sie ihn zu Abd Almuttalib brachten, erfuhren sie, daß Aminah, Mohammeds Mutter, gestorben sei. Der wunderliche Alte hatte es ihnen drei Jahre verheimlicht.

In Syrien lebte ein Mönch namens Bahirah in einer Einsiedelei inmitten eines Gehölzes. Er hatte ehemals seine Hütte unter einem Baum, nicht weit von der großen Karawanenstraße, errichtet. Es war aber nach und nach ein ganzer Wald um seine Behausung aufgeschossen, der sie vor den Blicken und Besuchen neugieriger Schnüffler verbarg. Er war ein Christ und mit christlichen Sitten und Gebräuchen wohlvertraut. In seiner Hütte verwahrte er an einer eisernen Kette ein heiliges Buch, zu dem die Mönche und Schriftgelehrten von weither pilgerten. Das Buch aber hatte ihm prophezeit, er werde den Gesandten Gottes erblicken und in den Armen halten an dem Morgen, an dem er es nicht werde berühren können. Und der Gesandte Gottes werde eine Narbe über dem Herzen haben: die Narbe, da Gott ihm sein menschliches Herz aus der Brust geschnitten und ihm ein englisches eingesetzt habe an seiner Statt. Jahrelang hielt Bahirah Ausschau nach dem Gesandten Gottes und bereitete sich auf ihn vor mit Gebeten und Kasteiungen.

Eines Morgens, als er den Tag wie gewöhnlich mit einem Gebete aus dem heiligen Buch eröffnen wollte, sah er, daß das heilige Buch vollkommen eingesponnen war. Auf dem grünen Gespinst aber hockte eine große giftige Spinne, das Zeichen Luzifers auf der Stirn.

Kaum hatte Bahirah sich von seinem Schreck erholt, als Getrappel von Pferden und Kamelen auf der Landstraße vernehmlich wurde.

Bahirah stürzte sich auf die Straße und warf sich der Karawane entgegen, die Arme weit gebreitet. Er fiel dem vordersten Reiter in die Zügel und schrie: »Ich lasse Euch nicht, Ihr tut mir denn die Ehre und seid für heute meine Gäste. Der Gesandte Gottes weilt unter Euch, ich will ihm huldigen.«

Seinen weißen Bart zauste der Wüstenwind. Seine Augen brannten.

Die Kureischiten lächelten, und ihr Anführer, Abu Talib, der Oheim Mohammeds, sprach: »Ehrwürdiger Vater, wir wollen Euch gern das Vergnügen machen, uns zu bewirten. Aber den Gesandten Gottes, von dem Ihr sprecht, führen wir nicht bei uns, erinnern uns auch nicht, von einem solchen gehört zu haben.«

Die Karawane sattelte ab. Mit Hilfe seiner Jünger richtete Bahirah unter einem Baume ein Mahl her: Lammfleisch, Brot und Milch, und lud sie alle ein, jung und alt, Sklaven und Freie.

Als sie bei Tisch saßen, musterte Bahirah seine Gäste der Reihe nach mit gütigen Augen und sprach: »Kureischiten, es darf keiner, auch der Geringste nicht, zurückbleiben. Ich habe Euch alle eingeladen; fehlt auch niemand in der Runde?«

Die Kureischiten lächelten, und Abu Talib sprach:

»Wir sind alle hier versammelt. Ein Knabe nur, mein Neffe, blieb im Lager, um auf die Tiere acht zu haben.«

Da sprang Bahirah auf und schrie: »Holt mir den Knaben!« Zwei Sklaven brachten Mohammed, der unbefangen auf den Mönch zutrat und sich tief vor ihm verneigte, die Arme über die Brust gekreuzt.

Als er die Verbeugung vollendet hatte und die Arme seitwärts fallen ließ, erkannte Bahirah auf dem nackten Oberkörper unter dem Herzen die Wunde, das Mal des Prophetentums. Bahirah aber gedachte ihn zu versuchen und sprach:

»Schwör« mir bei Lat und Uzza, Knabe, ob du wahre Träume hast!«

Der Knabe schüttelte den dunkeln Kopf, und eine Gebärde des Ekels erschütterte seine Züge. »Ich glaube nicht an Lat und Uzza, die Götzen der Kureischiten. Jeder Eid, der bei ihnen geschworen wird, ist ein Meineid.«

»Woran glaubst du sonst, Knabe, wenn nicht an die Götter deines Volkes?«

»Die Götzen meines Volkes sind tönerne Götzen. Ich kann sie mit meinem Stecken zerschlagen.«

»Und woran glaubst du, Knabe?«

Der Knabe hob den Kopf. Den linken Arm schön um eine Bambusstaude geschlungen, sprach er leise:

»An mich.«

Bahirah kreuzte die Arme und neigte sich vor dem Knaben, wie der Knabe soeben vor ihm. Dann führte er ihn in das Haus, das heilige Buch ihm zu zeigen.

Da sah er wieder das grüne Gespinst und auf dem Gespinst die giftige Spinne. Sie zischte wie eine Schlange, als Mohammed ihr nahekam.

Er aber packte sie mit der Faust, warf sie auf den Boden und zertrat sie mit bloßer Sohle.

Er riß das Gespinst auseinander, schlug das Buch auf, und ob er gleich zuvor niemals gelesen und keiner Buchstaben kundig war, las er:

»Gelobt sei Gott, der Herr der tausend Welten. Der Allerbärmer. Der König der Richter und der Richter der Könige. Ihm dienen wir, so dient er uns. Er leite uns den geraden Weg: den Weg der Gnade und der Güte. Des Willens und der Weisung. Es ist nur ein Gott, ihn zeugte niemand, er zeuget niemanden, es ist nur ein Gott, und Mohammed ist sein Prophet ...«

Des Abends, als die Kureischiten sich zum Aufbruch rüsteten, nahm Bahirah Abu Talib beiseite:

»Wisse, daß Ihr den Gesandten Gottes unter Euch habt. Meine alten Augen sind selig, da sie ihn noch gesehen, meine dürre Lippe lobpreist seine kindliche Gottheit.«

Abu Talib lächelte verzeihend:

»Wer ist es, den Ihr meint, ehrwürdiger Vater?«

Der Greis verneigte sich:

»Es ist Mohammed, Euer Neffe.«

Abu Talib lachte:

»Märchenerzähler!« und schwang sich aufs Pferd. »Die Kureischiten handeln mit Edelsteinen und Seidenstoffen, aber nicht mit Göttern. Mohammed ist ein Kaufmann.«

Der Alte ballte die Faust. Er bellte:

»Er wird Euch Euren Unglauben mit rechter Münze heimzahlen!«

Mohammed kehrte von einer Geschäftsreise, die er im Auftrag seines Oheims Abu Talib unternommen hatte, aus Syrien zurück. Die Geschäfte waren ihm nicht nach Wunsch und Willen gelungen, und mißmutig ritt der Jüngling seiner Straße. In sich versunken, bemerkte er nicht, wie er in die Fährte einer kleinen Reisegesellschaft geriet und, von ihr geleitet, sich besinnungslos ihrer Führung ergab.

Die Gesellschaft machte halt. Mohammed stieg ebenfalls vom Pferde. Man begab sich in ein Haus. Mohammed, eine Gaststätte vermutend, folgte. Wohlig auf einem Kissen dahingestreckt, hing er müde geflügelten Träumen nach. Als er sich von einem Sonnenstrahl des bunten Fensters geblendet zur Seite ins Dämmerige wandte, sah er eine Dame vor sich, die ihm eine Schale Kaffee reichte.

Er erhob sich, errötend und verwirrt.

»Herrin, wer seid Ihr? Täuscht mich Trübung der Träume? Bin ich in keinem Gasthaus?«

»Beruhigt Euch, Mohammed – Ihr seht, ich kenne Euch – Ihr seid in einem gastlichen Hause – im Hause der Chadidjeh, der Tochter des Chuweiled.«

»Herrin, führt mich zu Chadidjeh, daß ich sie um Verzeihung bitte für meine Eindringlichkeit in ihr Haus. Der heiße Tag, die Ahnungen der Seele verwirrten mich.«

»Entschuldigt Euch nicht, Mohammed, Chadidjeh steht vor Euch.«

Mohammed verneigte sich dreimal.

Die Röte, die über sein Gesicht flutete, durchflammte die Dämmerung.

»Herrin, ich sah auf meinen Wanderungen viele Frauen. Ich las in ihren braunen Dattelaugen und versuchte die weiße Schrift ihrer Stirnen zu enträtseln. Ich nannte sie Schwestern, aber keine verlockte mich zur bleibenden Einkehr. Da öffnet sich ein Haus: gleichsam von selbst. Da öffnet sich ein Herz: in abendlicher Dämmerung. Ein Blutstrom umbraust mich. Ich kralle mich wie ein Geier in die Äste meiner Verzweiflung. Helft mir, Herrin, zum Guten und zur Vollendung oder ruft einen Sklaven, daß er mich erschlage ...«

Chadidjeh zitterte.

»Mohammed, bleibt in diesem Hause, das sich vor Euch aufgetan.«

Mohammed fiel in die Kissen.

»Wie soll ich Euch verstehen? Ihr spottet meiner! O kennet Ihr die Qual meines Tuns, bisher bestimmt, den Reichtum meines Oheims zu mehren, aus fremden Börsen Gold in die seinen zu tun, um falsche Werte fronend zu feilschen. Handle! fordert der Ohm. Handle! das gleiche Wort, doch welch entfernter, heilig hoher Sinn! – schreit eine Stimme aus blumiger Wolke, die mich stets beschattet.«

Chadidjeh lehnte an einer Säule, um die sich eine geschnitzte Schlange schlang:

»Mohammed, du glaubst gewiß, daß du es warst, der unserer Karawane sich anschloß. Wisse: wir waren es, die dir folgten ... Wir sahen die Wolke über deinem Haupte, die dein Kamel und dich beschattete, und folgten dir, um des Schattens teilhaftig zu werden, denn die Sonne versengte unsere Stirnen. Wir sind es, die dir zu Dank verpflichtet sind, daß du uns in deinem Schatten reiten ließest – denn die Wolke folgte dir wie ein getreuer Hund.«

»Herrin, ich schuf die Wolke nicht: dankt ihm, der sie uns sandte ...«

»Wir sahen nur die Wolke, doch hörten wir die Stimme nicht.«

»Die Stimme wird Gestalt annehmen und unter uns wandeln. Sie wird ihren Mund finden, dem sie weithin vernehmbar donnernd entfahre.«

»Mohammed, Gesegneter, ich biete dir mein Haus als Burg der Zuflucht. Handle, wie die Götter es dir befehlen, mit Worten der Wildheit und Wehmut und mit Münze nicht mehr. Betritt und verlaß mein Haus, daß das deine sei, wie du es immer willst, und sei mein Gatte. Nicht werden meine Arme dich ketten und halten, wenn dich der Geist in die Weite und Wüste treibt.«

Mohammed stürzte vor Chadidjeh zusammen. Sie hob ihn auf und führte den Jüngling zu Chuweiled Ibn Asad, ihrem Vater. Abu Talib hielt für Mohammed bei Chuweiled um dessen Tochter an.

Mohammed brachte zwanzig junge Kamele als Morgengabe mit in die Ehe, die ihm Abu Talib schenkte, obgleich ihn der schlechte Ausfall der syrischen Geschäfte, die Mohammed für ihn geführt hatte, verdroß.

Chadidjeh aber war damals die angesehenste Frau unter den Kureischiten, sowohl hinsichtlich ihres Geblütes als wegen ihres großen Reichtums, um den sie jedermann beneidete.

Nach einer mondhellen Nacht fanden die Wächter des Heiligtumes der Kaaba, da sie die gewohnte Runde machten, den heiligen, vom Himmel gefallenen Stein nicht mehr.

Durch Mekka scholl der Klagegesang der Kureischiten.

Man verdächtigte einen griechischen Kaufmann, dessen Schiff bei Djidda gestrandet war, des Diebstahls. Der Grieche beteuerte unter fünfundzwanzig Peitschenhieben heulend seine Unschuld.

Man suchte in allen Häusern der alten Stadt und in den Armenquartieren nach dem Stein. Man scheuchte Gesindel und allerlei Laster und Verbrechen auf. Der Stein blieb verschwunden.

Da beantragte Mohammed, man möchte in den Palästen der Reichen und Vornehmen die Untersuchung fortsetzen.

»Bei Lat und Uzza«, erstaunte Otba, der Emir, »ich finde des Jünglings Rat vorlaut angebracht und übel gegeben. Die Sklaven werden rebellieren, es wird ihnen der Kamm schwellen, wenn sie erfahren, daß man Herren ebenso behandelt wie Knechte, Edle wie Niedre, Reiche wie Arme. Unsere Macht beruht auf den Privilegien unserer Kaste. Sind wir so närrisch, uns dieser Privilegien freiwillig zu begeben? Wir verdienten, gepeitscht zu werden wie der dicke Grieche, der sich zum Stranden künftiges Mal eine andere Küste aussuchen wird als die unsere.«

Otba schmetterte ein Gelächter in den Raum, als schütte er einen Sack Nüsse auf die Steinfliesen.

Da erhob sich Iblis, der Böse, in Gestalt eines vornehmen Kureischiten und sprach:

»Glück und Seligkeit auf deinen Samen, Otba. Du bist mir lieb wie Vater und Mutter: ich gebe meine Geliebte und mein schönstes Kamel für dich hin – gestatte mir aber, in Freundschaft und Verehrung zu bemerken, daß ich Mohammeds Rat gerecht und so arg nicht achte. Nur bin ich der Meinung, im Hause der Chadidjeh, bei welcher Mohammed, ihr Gatte, wohnt, mit der Untersuchung zu beginnen.«

Iblis zwinkerte mit seinem einen Auge. Um die Stelle, wo sich beim Menschen ein zweites Auge zu befinden pflegt, hatte er ein rotes Tuch geschlungen, indem er vorgab, an einem Augenübel zu leiden.

Otba, der Emir, erhob seinen Blick und ließ ihn lang auf Iblis ruhen. Dann strich er sich über die braune gefurchte Stirn und schwang eine kleine silberne Schelle.

Zwei schwarze Sklaven sprangen, voll tierischer Demut wie Kaninchen, an Otba empor, mit gesteiften Ohren und halb offenen Lippen seines Winkes gewärtig.

»Man untersuche das Haus der Chadidjeh, der Gattin des Mohammed, Neffen des Abu Talib, nach dem schwarzen Stein.«

Chadidjeh empfing am Tore die Boten des Rates.

»Herrin«, sagte der erste, »verzeiht, daß wir Euch Ungelegenheiten bereiten. Es ist unsere Pflicht.«

»Tut nur, was euch befohlen«, lächelte Chadidjeh, »das ganze Haus steht euch offen. Nur bitte ich euch, mit jenem Glasschrank vorsichtig zu verfahren, der meine Vasen enthält, daß ihr nichts zerbrecht. Ich habe erst neulich von jenem griechischen Kaufmann, den ihr so übel zugerichtet, einige kostbare Gläser erworben, die nach einer sonderbaren, mir unbekannten Manier hergestellt sind. Fremde Götter schweben darauf mit fremden Tieren und haben Harfen und Schalmeien in den Händen. Achtet ihrer gut!«

Chadidjeh zog sich in ihr innerstes Gemach zurück.

Die Boten durchsuchten das Haus, ernst und unmutig, von den Neckereien der Mägde verspottet.

»Ihr da!« zwitscherten sie und bespritzten die Diener der Gerechtigkeit kreischend mit Wasser, »wenn wir schon Diebe sind – was seid denn ihr dann, bärtige Unholde! Schäbige Schlucker!«

Als sie in das Schlafzimmer Mohammeds drangen, fanden sie den schwarzen Stein unter seinem Kopfkissen.

Die Mägde erblaßten.

Chadidjeh sank ohnmächtig an einer Säule nieder.

Mohammed ward des Diebstahls am Heiligtum der Kureischiten angeklagt.

Er trat mit freier Stirne vor die Richter und sprach:

»Erhabener Emir! und ihr ändern! meine Brüder und Freunde! Erhebt euch nicht zum Richter über den, der vor euch steht. Er bedarf des Richters nicht, da er sich selbst zum Richter gesetzt. Der jeden Tag, ach jede Stunde mit sich hadert und rechtet, den einen Gott wie die Gazelle das Wasser sucht, und seines unwürdigen Wesens oft keinen Rat, seiner dunklen Furcht oft keine Zuflucht weiß. Vernehmt die Wahrheit Mohammeds und seinen Traum der Wirklichkeit: Mohammed kam nicht zum Stein, der heilige Stein kam zu Mohammed, auf daß geoffenbaret werde die Gesandtschaft und Sendung Mohammeds. Schwört ab der Götzen Lat und Uzza und zerschlagt ihre Standbilder mit Hammer und Keule!

Es gibt nur eine Gerechtigkeit! Sprecht sie, Richter! Es gibt nur eine Güte! Übt sie, Menschen! Es gibt nur einen Geist: er ist gezeugt von keinem Vater, er ist geboren von keiner Mutter. Er weht im Winde: so lauscht ihm denn. Er strahlt im Lichte: so seht ihn denn. Glaubt dem Wunder des Steines! Allah il Allah! Es ist nur ein Gott, und Mohammed ist sein Prophet!«

Da verwunderten sich die Richter, und Otba sprach:

»Er ist voll Hochmut und Trotz und voll verworrener Reden. Auch scheint mir schmachvoll, daß er seines Volkes Götter beschimpft. Aber, bei Lat und Uzza, ich sehe auf seine Stirn und finde keine Schuld an ihm.«

Iblis, der Einäugige, biß sich auf die Lippen.

»Man kramte den Stein aus seinem Bett: wer stahl ihn sonst?«

»Jemand, der Mohammed übel will und ihm mit List nach Ehre und Leben trachtet«, sprach Abu Talib.

Iblis zuckte mit seinem Auge. Abu Talib fuhr fort: »Ich kenne Mohammed gut, ich bin sein Ohm: er ist ein schlechter Kaufmann, aber der wahrhaftigste Mensch. Bahirah, der Mönch, schon nannte ihn den Gesandten Gottes. Das Volk aber nennt ihn Al Emin, ›den Treuen‹, denn niemand fand je ein Fehl an ihm.«

Da trat der Gerichtshof zusammen, und sie sprachen ihn des Diebstahls am Heiligtum frei, verurteilten ihn aber wegen Beleidigung der alten Götter der Kureischiten zu hundert Dirhem Geldstrafe.

In einer goldenen Kassette, die sie ihm zum Geschenk machte, trug Chadidjeh selbst am nächsten Tage das Geld zu Otba.

Auf dem Brunnenrande der Kaaba sonnte sich Tag für Tag eine große giftige Schlange, die sich gegen jeden, der sich ihr näherte, zischend erhob. Am Abend kroch sie in den Brunnen zurück, wo man ihr Fleisch hinabwarf, sie zu besänftigen.

Man wagte nicht, den heiligen Stein an seinem Orte wieder einzufügen, solange die giftige Schlange ihn argwöhnisch bewachte.

Mohammed aber stand auf und predigte: »Die grüne Schlange haben euch Lat und Uzza, eure Götzen, und Iblis, der Böse, geschickt, damit der heilige Stein nicht wieder zu seiner Stätte komme. Gestattet, daß ich mich der Schlange nähere und ihr das Haupt abschlage.«

Sie aber hatten Furcht vor der Rache der Schlange und ihrer Götzen und schrien:

»Nein, wir wollen sie weiter füttern mit erlesenen Speisen, damit wir sie versöhnen.«

Und sie warfen eines Tages ein Kind in den Brunnen, welches die Schlange fraß.

Da schlich sich Mohammed des Nachts zu ihr und erschlug sie, während sie schlief, mit einem Stein.

Als nun das Heiligtum wieder eingemauert werden sollte, entstand Streit unter den Kureischiten, welchem Stamme die Ehre zuteil würde, die Mauerung des schwarzen Steines zu vollziehen.

Sie brachten Schalen mit Blut und schlössen Bündnisse gegeneinander, schlugen die Trommeln und Pauken und bliesen mit den Flöten und Trompeten.

Die Fackel des Krieges glänzte schon fern über den Nächten.

Mohammed aber trat vor die Kureischiten und sprach:

»Reicht mir ein goldenes Tuch!«

Und sie reichten es ihm.

Da legte er den schwarzen Stein auf das goldene Tuch und ließ jede Ecke des Tuches von einem aus den vier Stämmen der Kureischiten halten.

So trugen die vier Stämme der Kureischiten gemeinsam den heiligen Stein an seinen Platz.

Hind, die Tochter Otbas, verfolgte Mohammed mit ihren Nachstellungen.

Sie sandte ihm einen Brief durch eine Sklavin:

»Hind, die Tochter Otbas an Mohammed, den Neffen Abu Talibs:

Ich liebe Dich, Mohammed, und gebe Dir meine Keuschheit preis, indem ich es Dir gestehe. Ich bitte Dich, heute nacht zu mir zu kommen. Die, die Dir dies überbrachte, wird Dich am Platze der Kaaba erwarten und Dich führen. In Sehnsucht und Süße. Hind.«

Mohammed zerriß den Zettel und ließ sie ohne Antwort.

Da sandte sie ihm am dritten Tag ein anderes Schreiben:

»Hind, die Tochter Otbas, an Mohammed, den Gesandten Gottes. Ich habe von Deiner neuen Lehre eines einigen Gottes vernommen und bin begierig, sie zu empfangen. Laß mich zu lange nicht in Unwissenheit und geistiger Armut schmachten. Ich verlange nach der heiligen Lehre und bin durstig, sie vom Munde des Propheten zu trinken. Hind.«

Mohammed, der sie durchschaute, zerriß auch diesen Zettel und würdigte sie keiner Antwort.

Sie aber wurde fürder seine bitterste Feindin.

Chuweiled brachte einen Zug Sklaven, männliche und weibliche, aus Syrien. Er ließ nach seiner Tochter schicken, streichelte ihr über das Haar und bat sie, den besten Sklaven und die schönste Sklavin sich auszusuchen, ehe er sie verkaufe.

Chadidjeh wählte Ali, den Knaben, sie wählte ihn zu ihrem Diener, und Maria, die Koptin, das schönste Mädchen, welches sie je gesehen. Sie gedachte sie zu ihrer Freundin zu machen und schenkte sie weiter an Mohammed, der sie zu seiner zweiten Gattin erkor und zärtlich liebte.

Unerträglich wird mir der Anblick der Menschen, die Lüge ihres Mundes, das Prahlerische ihres Gesichtes. Sie sind wie Schnecken aus sich herausgekrochen, ihr Haus und Hort aber liegt weit hinter ihnen, ihre schleimige Spur ist verwischt, und niemand findet mehr zur Burg der Behütung. Ich selber, o Gott, was bin ich für ein schlimmer Gauch! Gefallener Engel! Liebloser Liebender! Wie der Gärtner das Wasser in den Mund nimmt, die Blumen zu besprengen, habe ich schöne Worte im Munde und lasse sie über die dürre Wiese regnen. Was nützt dem Grashalm der Regen von Worten, das edle Geplätscher, wenn ihm die Sonne, die Tat des Lichts, nicht folgt? Ich bin mir widerlich wie eine tote Ratte. Ich stinke von der Verwesung der Untat. Ich bin ein Gespött: der spinnenden Spinne, dem jagenden Wolf, der emsigen Ameise, der turtelnden Taube, dem hurtigen Hecht. Nichts tue ich als träumen. Nichts will ich als Wünsche. Nichts kann ich, als dich ehren, Erde, dich lieben, Tier, dich preisen, Geist – mich aber, ziellosen Wanderer in Listen und Lüsten, tatenlosen Trunkenbold, muß ich: ja: unausdenkbar und unaussprechlich verachten.

Mohammed stürzte sich in die Einsamkeit, brandend und brüllend, daß sie wie ein Meer über ihm zusammenschlug. Niemand durfte sich mit seinem zerbrechlichen Kahn auf die von der Geißel Gottes gepeitschten Wogen wagen, sie hätten ihn zerschmettert und als wertloses Strandgut an die Küste geworfen. Nicht Chadidjeh, die schillernde Schlange, kroch die besonnten Felsen zur Einsiedelei empor. Nicht Maria, dem singenden Vogel, glückte der schmerzliche Flug durch das Dorngebüsch und an den Leimruten und Netzen der Vogelsteller vorbei.

Mohammed jubelte: sein Lachen brauste in den Lüften: seine Stirn stürmte zu den Wolken:

Ich bin allein! Niemandes Folgsamer und meiner endlich gewiß! Die Sonne ist meine Sonne, ich wandle meinen Schritt. Ich sehe mich im Spiegel des Baches und bin betroffen. Ich falle nieder am Ufer und trinke durstig mein Antlitz. Nachts fallen die Sterne auf meinen Weg und sind Kiesel, die im Mondlicht glänzen. Ich hebe sie in meine Hand und betrachte sie willig. Die Eidechse, meine kleine Schwester, hält an der Mauer meinen Blicken stand, und zärtlich sehe ich sie in dunkler Höhle entschwinden. Der ich in der Gemeinschaft und Gemeinheit der Menschen mich hassen lernte – ich wage mich zum erstenmal zu lieben und weine mich wie ein Kind in seligen Schlaf ...

Mohammed rannte bis in die tiefsten Täler Mekkas.

Die Wildnis entwirrte sich vor ihm. Schlinggewächse entschlangen sich. Sumpf ward Erde. Silberne Quelle Labsal. Die Steine ebneten sich unter seinem fröhlichen Fuß. Die Fichten verneigten sich. Und die Felsen warfen sich Echo auf Echo zu wie einen klingenden Ball: Heil dir, Mohammed, Gesandter Gottes!

Es war der heißeste Ramadhan seit vielen Jahrzehnten. In den Straßen der Städte fielen die Maultiere tot um. Kamele verdursteten. Hunde wurden tollwütig. An den Karawanenstraßen schimmerten wie Meilensteine eines qualvollen Weges die Leichen der von der Sonne erschlagenen Araber. – Chadidjeh und Maria lagen im steinernen Schatten des Hauses, im kühlsten innersten Gemache, auf Bastdecken. Sie hatten die Kleider von sich gestreift, die, zu einem Knäuel geschichtet, wie ein bunter Götze aus der Dämmerung glotzten. Ihre schönen Brüste leuchteten wie weiße Ampeln. Sie tranken Fruchtwasser, naschten an Zuckergebäck und spielten Mühle. Ein zahmer chinesischer Zeisig mit einem sonderbaren hahnähnlichen feuerroten Schöpf sprang auf den Feldern des Spielbrettes zirpend zwischen den Steinen.

Plötzlich warf Ali, der Knabe, den Vorhang zurück und meldete:

»Ein Bettler, Herrin, steht am Tor und läßt sich nicht abweisen. Ich bot ihm Datteln. Er wies sie zurück. Ich bot ihm Münze. Er schlug sie mir aus der Hand. Sein Bart und sein Haar ist verwildert wie ein Wald aus Knieholz. Er stinkt wie ein Schakal. Sein Leib ist mit schwarzen Krusten bedeckt. Er ähnelt einem Taschenkrebs. Die Arme schlägt er wie Mühlenflügel. Aus seinem Mund tropft heißer Speichel wie gesiedetes Blei. Seine Augen sind groß wie die Augen von Irren. Er wünscht Euch zu sprechen, Herrin ...«

Maria zitterte.

Ein Spielstein fiel aus ihren Fingern und klirrte aufs Brett.

Der Zeisig kreischte.

Chadidjeh stützte das Kinn in die Hand.

»Bring uns Decken, Ali.«

Der Knabe huschte maushaft durch den Raum.

Die weißen Ampeln erloschen unter Tüchern.

»Der Mann soll kommen.«

Mit klappernden Gliedern tanzte ein gebrechlicher Greis durch die Tür.

Unreiner Atem erfüllte die Luft.

Häßlichkeit mißhandelte die Blicke, die ihn beschauten.

Grauweißes Haar wuchs pilzig aus dem Kopf.

Der Burnus, der ihn wie mit Krähenflügeln beschirmte, stob schmutzig und zerrissen von seinen Lenden.

Lallend fiel er zwischen den Frauen nieder.

»Mohammed!« schrien die Frauen.

Wie Bambus schössen sie steil in die Höhe. Die Decken fielen von ihren Hüften. Ihre weißen Brüste funkelten.

Mohammed gesundete.

Die Frauen pflegten ihn wie ein Kind: mit Hühnerfleisch und Eselsmilch. Sie wuschen und kämmten ihn des Morgens. Sie trugen ihn im Sessel nachts, wenn Kühlung wehte, auf das Dach. Da saß er im Sessel und sah mit leeren Augen in die Sterne.

»Liebes Licht!« sagte er und winkte den goldenen Brüdern.

Als Mohammed eines Tages zu sich kam, sah er Chadidjeh in Unterhandlung mit einem Reisenden, der von Medina eingetroffen war und gute Geschäfte in Essenzen und Ölen für sie gemacht hatte.

»Während du fiebrig plappertest, Mohammed«, Chadidjeh sah ihn an, »habe ich gehandelt.«

»O Weib«, sprach Mohammed, »dem Worte werden Füße wachsen, und es wird schreiten. Es wird ein Leib sein und eine Stirne haben. Seine harten Hände werden das Schwert schwingen und das Wort wird töten, welche an die Macht des Wortes nicht glaubten.«

Der Herbst, der die Blätter rötete und bräunte, färbte auch Mohammeds Haar und Bart wieder braun. Seine Glieder dehnten, seine

Muskeln füllten sich. Ohne Stab vermochte er kraftvoll wie einst zu schreiten.

Leicht, und nur aus Zärtlichkeit auf Maria gestützt, ging er in den glitzernden Abend.

»Erzähle mir, Mohammed«, sprach Maria, »was sich ereignete, seit du uns im Ramadhan verlassen. Sofern es dich nicht schmerzt. Wenn es die Erinnerung belastet: wirf es von dir und auf mich. Ich will alle deine Lasten gern und heiter bis ans Ende aller Zeiten tragen. Peinigen dich aber meine Worte wie Mücken oder stechen sie wie giftige Kakteen: so laß uns schweigen und wie dunkle Palmen schweigsam im blauen Himmel stehn.«

Mohammed haschte nach einem fliegenden Käfer.

»Jahrhunderte, so schien es mir, raste ich einsam durch die Welt. Der einzige Mensch. Kein Bruder und keine Schwester, keine Gattin und keine Geliebte waren mir zugetan. Ich nährte mich von den Früchten der Wildnis und stillte meinen Durst an den springenden Bächen. Einst hatte ich Hunger nach Fleisch. Ich schnitzte mir einen Bogen und eine Lanze und jagte einer Hindin nach. Ich richtete den Bogen, der Pfeil schwirrte von der Sehne – ich fiel in mich zusammen. Blut rann aus meiner Brust. Der Pfeil hatte mich selbst durchbohrt. Niemals mehr stellte ich einem Tiere nach. Gazelle und Löwe folgten freundlich meinen Schritten. Taube und Geier begrüßten mich schnäbelnd aus den Lüften. Bart und Haar sprossen lang aus Haupt und Brust und Beinen. Wild ward ich und alt und hatte keine Gedanken, kein Wissen und keine Vernunft. Da kam ich an den Berg Hira und erstieg ihn stöhnend. Und als ich den Gipfel erklommen hatte – ich stieg aber Monate und Jahre –, fiel ich in einen tiefen Schlaf. Dem enttauchte wie aus dunklen Fluten ein schöner Jüngling. Er hielt ein beschriebenes seidenes Tuch vor sein Gesicht. Nicht sah ich sein Gesicht, nur seine elfenbeinerne Gestalt. Und der Jüngling sprach: ›Lies!‹ Ich aber lallte unwirsch kaum verständliche Laute – ich hatte in den Jahren und Jahrhunderten der Einsamkeit die Sprache vergessen und verloren. Da stülpte der Jüngling das Tuch mir über den Kopf, daß ich zu ersticken meinte, und donnerte: Mohammed! Dich ruft Gott! Ich bin Gabriel, sein Gesandter!«

Mohammeds Stimme wuchs und schlug wie der Donner von der felsigen Bläue des Himmels zurück.

»Der Engel aber riß das Tuch zurück und mit dem Tuch mein Haupt, das wie ein Bildnis blutend auf der Seide schwebte. Als ich das Bewußtsein wiedererlangte, lag ich in deinen Armen, Maria, und in den Armen von Chadidjeh. Ich sah vergehend noch den braunen Rücken eines Jünglings, der in das Abendrot schritt. In weiter Ferne unkörperlich sich entfaltete und in einer goldenen Wolke entschwand.«

Maria breitete die Arme.

Sie sank der Nacht an die schwesterlichen Brüste.

Im Monat Dsu-l-kaadeh bestieg Mohammed zum zweitenmal das Gebirge Hira.

Als Mohammed vom Hira kam, umschritt er siebenmal die Kaaba, dann blieb er in der Mittagssonne stehn, steil wie ein Standbild, und kein Tropfen Schweiß trat auf seine Stirn. Er schickte aber Maria, die Koptin, seine Geliebte, die von zarten Sitten war, durch die Stadt. Glücklich gehorchte sie seinen Befehlen, denn sie glaubte an ihn, und ihr nächtlicher Wunsch, der wie ein Hund vor ihrem Lager ruhte, war: Gib mir, Gott, einen Sohn von Mohammed, oder wenn du es willst, eine Tochter. Ja, laß mich ein Tier gebären: eine Schlange oder ein Kalb – eine Quelle oder einen Felsen – nur daß ich von ihm schwanger werde und ihm ein Lebendes oder Totes gebäre. Denn alles ist gut, was von ihm kommt: es sei nun die Geißel oder der Kuß. Die Liebe oder die Verachtung. –

Maria, die Koptin, ging durch die Stadt mit einer kleinen Glocke und läutete. Und das Volk strömte herbei; Männer und Weiber und Kinder, und ein alter Mann im weißen Bart – es war aber Abu Bekr, ein gelehrter Sonderling – fragte: »Was läßt du, schönes Mädchen, die Glocke klingen? Bist du nicht Maria, die Koptin? Läutest du zu einem bunten Fest mit Wein, Musik und Reigen? Siehe, die Sonne steht hoch und brennt um unsere Stirnen wie nahe Fackeln. Erwarte den lauen Abend, die trauliche Nacht und rufe dann, aber leise, mit dem Zeichen eines Vogels, die Liebenden.«

Maria aber sprach: »Ich bin Maria, die Koptin, und lade euch, Kureischiten, im Auftrage meines Herrn Mohammed zum Fest. Er wartet euer auf dem Platze vor der Kaaba und bittet euch, sofort zu kommen. Wer zu ihm eilt, der wird im Schatten wandeln, wenngleich die Sonne im Zenith zürne. Er wird Labung finden, Trank und heilige Feier.«

So sprach Maria und durcheilte die glühenden Straßen. Es war ihr, als liefe sie auf glühenden Scheiten. Aber sie spürte ihre sengenden Sohlen nicht. Sie läutete die Glocke und sprach ihren Spruch.

Die Kureischiten gingen in ihre Häuser und richteten sich festlich her. In seidene Tücher hüllten sich die Frauen und bemalten sich Wimper und Lippe. Goldene Spangen umrankten die zärtlichen Knöchel. Amulette hingen an geflochtenen Haaren zwischen den Brüsten: versteinte Skarabeen oder Libellen. Die Männer schnallten sich ziegenlederne Gürtel um den leuchtenden Burnus und steckten darein Dolch und Bogen und Flöte. Die Kinder aber, die keines Schmuckes bedürfen, sprangen nackt zwischen Eltern und Geschwistern, warfen sich zur Erde nieder, zum Himmel empor und wieherten wie junge Pferde oder gurrten wie die Tauben.

Als sie alle versammelt waren (es waren aber unter ihnen Otba, der Emir, Abu Talib, der Oheim, und Iblis, der Böse), hielt Mohammed seine Stimme wie einen Schild über sie und sprach:

»Kureischiten! Brüder und Schwestern! Die Zeit hat sich erfüllt, daß ich nicht mehr zu einzelnen trete und ihnen vertraulich von der Wahrhaftigkeit künde. Gott ist auf dem Berge Hira, der fortan der Heilige Berg genannt sei, zu mir getreten in Gestalt eines schönen Jünglings und hat befohlen: Tritt hervor mit dem, was ich dir auftrug. Predige deinem Volke und senke deine Flügel über die Gläubigen, die dir folgen. Sprich: ich bin der klare Prediger. Niemand kehrt zur Heimat denn durch mich.

Kureischiten! Die Zeit hat sich erfüllt. Der Greuel, so ihr mit Hilfe der Götzen Lat und Uzza verübt, sind genug und übergenug. Lüge schien euch ein mildes Mittel zum Leben. Betrug des Bruders, Eid- und Ehebruch erfreulichste Tat. Gold! stand goldgestickt auf den

Bannern eurer Sehnsucht. Gold glänzte in euren toten Augen. Gold brach euch aus dem Herzen. Im Golde wühlten eure hohlen Hände. Lat prangte auf goldenem Sockel. Uzza fraß täglich tausend Unzen Gold. Man sprach zur Gattin nicht: ich liebe dich. Man sagte: Gold. Man grüßte den Bruder nicht: Gott segne dich! Man sagte: Gold. Das erste Wort, das der Säugling sprechen lernte, hieß: Gold. Das letzte, das des Greises erbleichende Lippe lallte: Gold. Mit Gold knechtet ihr eure Brüder, kauftet Sklaven und Sklavinnen, daß sie euch dienten, dazu nur gut und geschaffen, lebende Maschinen, euch neues Gold wie Getreide zu dreschen. Und doch ist ein Sklave ein Mensch wie ihr: mit Blut in den Adern und Seele im Herzen. Gebt frei, ihr Kureischiten, eure Sklaven. Sagt: frei sollen sein alle Menschen. Denn alle Menschen sind Geschwister, geschaffen nach dem einzigen Bilde des einzigen Gottes. In Freiheit soll jeder tun seine Tat, jeder denken seine Gedanken, jeder üben seine Übung, jeder träumen seinen Traum. Jedem soll glücken sein Glück!

Freiheit, ihr Kureischiten, jedem Sohne einer Mutter. Jeder Tochter eines Vaters.

Dies sei zum ersten gerammt als ein starker Pfahl des neuen Gesetzes: Freiheit!

Zum zweiten, ihr Kureischiten: reißt herab von ihren goldenen Thronen die goldenen Götzen Lat und Uzza. Stellt auf den Sockel des Glaubens den einzigen Geist!

Nicht: Gold! ihr Kureischiten: Geist! sei euer Feldgeschrei. Es ist nur ein Geist, dem sollt ihr Altäre und Moscheen bauen. Er warf euch einst den heiligen Stein vom Himmel! Heut spricht er durch des Menschen Mund zu euch. Erkennt die Zeichen, die er gab: Gott läßt den Regen der Sterne nicht vergebens regnen. Umsonst nicht schuf er Weib und Mann, Sonne und Mond, Tod und Leben: sich ergänzend. Die Erde ist der Wunder größtes. Der Mensch unmenschlichstes Geschöpf. Erkennet, Kureischiten, euren wahren Herrn.

Es sei gesteckt der zweite Pfahl des neuen Tempels: der Glaube an den einzigen Gott! Die einzige Güte! Den einzigen Geist!

Allah il Allah!«

Mohammed stand gekreuzigt gegen den blinkenden Himmel. Ein Schweigen lastete eisern über dem heißen Platz.

Da flog ein Stein gegen Mohammed (den ersten aber schleuderte Iblis der Böse), und dann ein anderer, ein dritter. Schließlich brach ein Hagel von Steinen über Mohammed zusammen, aus grauenvoller Stille geworfen.

Mohammed ward, schwer verwundet, von Ali, dem Knaben, und Maria, der Koptin, in das Haus der Chadidjeh getragen, wo er vor Sonnenuntergang noch von seinen Wunden genas und sich dankend im Gebet nach Westen neigte.

Wolken jagten windgetrieben in wunderlichen Figuren über den Mond: blumenhafte Ornamente, schwarze Ringe, schnaubende Panther, verträumte Vögel, schlanke Krokodile, märchenwilde Menschen mit Ziegenbeinen und Widderhörnern.

Pfeifend fegte der Wind den Staub durch die Straßen.

Dann und wann erschien, ruhig und unverwandelt, ein Stern zwischen den wolkigen Wesen.

Mohammed warf sich schlaflos von einer Seite auf die andere.

Der Morgen verzieht. Und will und will nicht nahen. – Bin ich vergessen? Verworfen? Ein Bündel alter Kleider – in die Ecke? Wer hört mich, wenn ich spreche? Wer sieht mich, wenn ich schreite? –

Mohammed sprang auf.

Er stieß mit dem Fuß nach Ali, der neben ihm schlief.

Der Knabe rieb sich schlaftrunken Wangen und Augen.

»Was wünschest du, Herr?«

Mohammed senkte die Wimpern.

»Folge mir, Knabe. Ich habe Furcht ... allein. Ich will, daß etwas Lebendiges um mich sei.«

Einsam und schallend schritten sie durch die nächtlichen Straßen Mekkas.

Der Mond warf ihre Schatten ihnen lang und spitz voraus.

Katzen kreuzten den Weg: aus schwarzen Winkeln wie im Arnikarausche leise tanzend.

Hunde bellten brav: fern hinter Hürden.
Hyänen heulten vor den Toren.
Ein Hahn stand weiß auf einer Mauer.
Im Zickzack durchzogen sie die schweigsame Stadt.
Torbogen nahmen sie dunkel auf und entließen sie strahlend.
Wolken schwärzten wie mit Pinselstrichen den Mond.
Ruhig und unverwandelt schien ein Stern.
Sie eilten eine Palmenallee entlang. Ein Tor erschloß sich ihnen.
Ali, der Knabe, bebte zurück.
Sie standen auf dem Begräbnisplatz von Mekka.

Mohammed schritt bis in die Mitte der Gräber. Die Gräber öffneten sich. Unabsehbar bis ans Ende der Welt dehnten sich die duldsamen Reihen der Toten im weißen Licht des Mondes. Die Schädel schillerten Opalen. Skelett lag neben Skelett, in dünnen Totenhemden; frierend.

Mohammed erhob seine Stimme. Wie ein erzener Stab zerschlug sie die Einsamkeit.

»Ihr Toten, ich grüße euch! Ein Sterblicher segnet die Gestorbenen! Ich rede zu den Lebenden wie in eine leere Wand. Ihre Ohren sind mit Werg verstopft und ihre Lippen mit Leim verkittet. So erhebe ich meine Stimme zu den Toten, daß sie mich ihren Bruder nennen und begreifen. Ihr Toten, die ihr seid unzählige wie Sand der Wüste, verachtet und verscheucht nicht den, der elend zu euch flüchtet. Er ist geringer denn der Geringste von euch. Er ist unwissender denn der Unwissendste unter euch. O dürfte er nur eine Stunde einer der euren sein: mit Weisheit und Tugend, wie mit Juwelen beladen, kehrte er zurück in den Kreis der Lebenden, sie fabelhaft unfehlbar zu bekehren ...«

Schweigsam lauschten die Reihen der Toten. Unabsehbar dehnte sich Grab an Grab bis ans Ende der Welt. Die Schädel schillerten opalen. Skelett lag neben Skelett, in dünnen Totenhemden, im weißen Licht des Mondes unsagbar frierend.

Die ersten acht Gläubigen, die sich trotz aller Anfeindungen an Mohammed anschlössen, waren Ali, der Knabe; Zeid Ibn Haritha, der

Freigelassene; Abu Bekr, der Gelehrte; Otham, der Mildtätige; Abd Errahman, der Gerechte; Zubeir, der Gütige; Saad, der Tapfere; Talha, der Schöne.

Als aber Talha sich zu Mohammed bekehrte, da raunten die Mädchen, die um ihn waren: »Wirst du uns nicht mehr lieben, schöner Talha?«

»Ich werde euch immer lieben«, sprach Talha und entzog sich den sanften Händen der braunen Ebra; aber sein Blick flog über sie hinweg zu den Bergen, und er hörte nur ihre Stimme. Ihre Schlankheit, so verführerisch, hatte sich ihm entfremdet.

Ebra höhnte: »Mohammed wird dich häßlich machen und dir Furchen ins Antlitz graben, darein er seine Weisheit sät. Kein Mädchen wird sich mehr in dich verlieben. Die Weisheit ist für alte Leute, Talha – was willst du mit ihr beginnen? Sie ist ein dürres greisenhaftes Weib mit hängenden Brüsten. Sieh die meinen, schöner Talha, wie sie wie zwei Berge von meiner Erde stehen. Komm und ruhe zwischen ihnen.«

Talhas Blick kam von den ewigen Bergen zurück, darauf er geruht, und er sprach:

»Ich brauche die Ruhe deines Leibes nicht, denn ich ruhte auf den Bergen der Ewigkeit. Die Wolke Wehmut beschattete mich. Der dunkle Strom floß zu meinen Füßen: darauf fuhr ein syrisches Boot, bewimpelt, Gesang ertönte der Gestorbenen, und es klang süß wie Vogelruf am Morgen.«

Laut auf lachte Ebra. Die Mädchen schlössen einen Reigen um Talha und zwitscherten:

> Der schöne Talha
> Entwöhnt sich der Mädchen,
> Geht zu den Toten,
> Schmeichelt den Toten.
> Der schöne Talha
> Geht auf die Berge,
> Streichelt die Bäume,
> Seufzet am Quell.

Der schöne Talha
Liebt eine Wolke,
Morgens und abends
Späht er nach ihr.
Doch sie entgleitet,
Doch sie entschwindet,
Trauriger Talha,
Fliege ihr nach!

Versunken in sich schritt Talha wie ein Solotänzer in einem Knabenhaus den Reigen. Lachend und lieblich lebendig folgten die ungezogenen Mädchen.

Mohammed sah in seinen acht Gläubigen eine besondere Bedeutung: ein wohlgeordnetes Sternbild. Den Glauben errang zuerst und am leichtesten: das Kind, der freieste Mensch. Sodann der Sklave, der seine Ketten kannte, als Freigelassener ihrer ledig wurde. Sodann der Strebende, Forschende, ernsthaft Gelehrte. Sodann der Mildtätige, der seines Reichtums freiwillig sich begab. Sodann der Richter, der nicht Recht, sondern Gerechtigkeit sprach. Sodann der Gütige, der durch Leiden zur Güte kam. Sodann der Tapfere, der, nachdem er tausend Feinde zu Boden geworfen, endlich sich selbst besiegte. Zuletzt der Schöne, der, Gottes Antlitz wie eine Fahne vor sich schwingend: durch Stolz und Überhebung dennoch am schwersten zu Gott gelangt. Oft erst muß ihn der Aussatz oder die Blattern zerfressen, daß er erkenne das Vergängliche des gemalten Gleichnisses.

»Das erste und das letzte Glied an meinem Ringe«, sprach Mohammed, »sind mir die liebsten. Sie binden den Ring und führen vom Anfang zum Ende: Ah, der Knabe, und Talha, der Schöne: sie sollen neben mir schreiten. Umschlungen mit ihnen will ich das Paradies suchen. Durch alle Himmel wollen wir rennen: ein seliges Dreigestirn, bis Gott im siebenten die letzte Binde von unsern Augen nimmt, und wir, nur leicht geblendet, das unverlöschliche Licht, die ewige Ampel enthüllen.«

Die Kureischiten spotteten, daß Mohammed im Tempel der Kaaba mit den Geringen und Geringsten zusammensaß.

»Seht nur«, riefen sie, »Gott hat durch Mohammed den alten Lumpen Fukeiha Jasar begnadet und begnadigt. Wenn Gottes Wort zu trinken wäre, er möchte ein sehr beredter Mann und der Heiligste der Heiligen werden.«

Mohammed aber fuhr sie an wie ein fauchender Löwe:

»Fukeiha wollte nie mehr sein, als er ist: ein armer Lump mit einem Herzen zum Hellen. Aber ihr, edle Herren und reiche Händler, was seid denn ihr? Seidene Gewänder, hinter denen Standbilder aus Kot starren.«

Die Sklavin, welche Mohammed einst die Briefe der Hind überreicht hatte, lauerte ihm auf, als er morgens, ehe die Sonne aufging, das Heiligtum der Kaaba betrat.

»Was willst du, Mädchen?« fragte er leise, das erblühende Licht nicht zu stören.

Sie neigte den ägyptischen Kopf:

»Ich bin von allen Sklavinnen erlost, mich dir darzubringen, Mohammed. Du streitest für unser aller Freiheit. So sind wir übereingekommen, daß eine von uns als schwachen Dank der Gemeinschaft die Freiheit ihres jungfräulichen Leibes dir opfere. Mich traf das Los.

Nimm mich an heiliger Stätte hin, damit ich geheiligt werde.«

Mohammed trug sie in den Tempel. Er warf sich über sie.

Ihr Name war Aischa.

Sie wurde seine dritte Frau und die Ahnin der Kalifen.

Als er sie von ihrer Jungfraunschaft erlöste, floß Blut über die Altarsteine.

Die Wächter fanden, nach Sonnenaufgang die Halle betretend, ein Büschel roter Mohnblumen auf den Fliesen des Altars.

Otba, Iblis, in der Gestalt eines vornehmen Kureischiten, und viele andere Erlauchte des Stammes trafen sich in einem Knabenbordell der alten Stadt.

Sie hatten je einen Knaben neben sich auf dem Polster. Gelächter ertönte. Gedämpftes Saitenspiel und matter Klang von Küssen. Ampeln glänzten wie erleuchtete Pomeranzen.

Ein Knabe begattete im Schauakt eine dressierte Ziege.

Otba sprach:

»Mohammed wächst uns über den Kopf. Ich habe sein irres Treiben mit Rücksicht auf Abu Talib, seinen Oheim und meinen Freund, bisher mit Nachsicht verfolgt. Seine Anhänger aber mehren sich. Schon sprießen finstere Gesichter aus dunkeln Gassen wie wilder Efeu. Sklavinnen und Sklaven wollen ihre Ketten nicht mehr tragen und murren, es gibt keine von den Göttern gewollte Abhängigkeit. Und es sei nur ein Gott: der Gott der Liebe.«

Die Ziege meckerte.

Iblis, der Einäugige, echote meckernd:

»Huldigen wir nicht auch hier einem Gotte: dem Gotte der Liebe?«

Man lachte und lächelte.

Malik, der fette Wirt, der seinen weichen Wanst wie einen herabhängenden Altweiberbusen vor sich herschob, wieherte.

Otba fuhr fort:

»Neulich traf ich zwei Knaben beim Ballspiel. Sie warfen sich den Ball wechselseitig zu und riefen: Dies ist Lats Kopf. Er ist gehangen. Oder: Dies ist Uzzas Kopf. Er ist enthauptet. – Das ist Mohammeds Werk: er vergiftet die Jugend.«

Abu Sehern streichelte seinem Knaben über die braunen Locken:

»Ich begreife Mohammed nicht: ist er ein Zauberer?«

Abu Sofjam beschied:

»Er ist kein Zauberer. Er macht keine Zeichen und spricht keine Sprüche wie die Zauberer ...«

»So ist er ein Besessener?«

»Ich sah Besessene: sie schlugen mit fiebrigen Armen in Feuer und Flamme. Bohrten sich Nadeln durch die Wangen. Stampften durch siedendes Pech. Mohammed tut nichts dergleichen.«

»So ist er ein Dichter?«

»Ich las die Dichter der alten und neuen Zeit.

Mohammed spricht nicht wie sie. Er redet ganz ohne Reime.«

Da erhob Iblis die blecherne Stimme: »Er ist kein Narr, kein Dichter, kein Zauberer und kein Besessener. Er weiß recht gut, was er will. Er will, o Otba, die Macht im Staate. Er will den Königsmantel um seine Lenden schlagen, damit ganz Arabien ihn zum Fürsten ausrufe und er geehrt und begütert sei vor allen ändern. Dies, o ihr Freunde, ist Mohammeds wahres Gesicht und die trübe Quelle seiner Pläne.«

Otba seufzte:

»Was sollen wir tun? Er ist mit vielen von uns verwandt. Ich schätze seinen Oheim. Sein Schwiegervater ist ein trefflicher Mann.«

»Wählt aus allen vier Stämmen der Kureischiten je einen mutigen Jüngling«, riet Iblis. »Gebt ihnen Schwerter in die Faust, daß sie ihn beim Morgengebet, das er in der Kaaba zu verrichten pflegt, erschlagen. Es wird kein Stamm der Schuldige sein, da die Schuld sich auf alle vier Stämme verteilt und sein Blut sich über sämtliche Familien verstreut ...«

Man applaudierte lebhaft den Worten des Iblis.

Äffisch ahmten die Knaben die Handbewegungen ihrer Herren nach und klatschten mit kleinen Händen dem Morde Beifall.

Die klatschenden Äußerungen der Hände gingen in einen von zwölf Knaben getanzten Reigen über.

Mohammed ward beim Morgengebet von vier mit Schwertern bewaffneten Jünglingen überfallen.

Ein Nebel verwirrte ihre Augen, so daß sie einander gegenseitig hinschlachteten.

Iblis, der Einäugige mit der roten Binde, fand ihre Leichen, als er den Leichnam Mohammeds suchte.

Er reckte den runzligen Arm gleich einem verdorrten Ast zum Himmel.

Von nun an hatten die Moslems, die Gläubigen Mohammeds, viel zu dulden. Man warf die Niederen, die keinen vornehmen Familienanhang hatten, tagelang in feuchte, naßkalte Keller, um sie darauf, auf Steinen festgebunden, der sengenden Wüstensonne preiszugeben. Schlangen und Kröten waren ihre Genossen und die Flöhe der Wüste, welche sich zwischen die Zehen krallten und die Füße zerfraßen. Sie wurden in Käfige gesteckt, in denen sie weder sitzen noch stehen konnten, und, halb liegend, zu unförmigen Geschöpfen gemästet, um plötzlich durch Hunger zu vogelähnlichen Gerippen abzumagern.

Chadidjeh und Abu Talib, die mit ihrem Ansehen Mohammed gestützt, starben in einem Monat.

Chadidjeh bekannte auf der Bahre, in letzten Fiebern brennend, sich zu Mohammeds Lehre.

Mohammed bekränzte sie mit rotem Mohn, der Blume des Propheten, und hielt mit Maria, der Koptin, und Aischa, der Ahnin der Kalifen, die Totenwache.

Gabriel, der Engel, stand zu ihren Häupten und entzündete Sterne an den Totenkerzen.

Mohammed kehrte von seinem Abendgange heim, mit Kot beworfen. Die Kureischiten höhnten: »Wenn du Gottes Gesandter bist und Wunder vermagst, so verwandle den Dreck in eine goldene Krone, die dein Haupt ziere und dich zum Herzog erhebe!« Der Kamelmist hing ihm in die Stirne. Winselnd wusch ihm Maria den Kopf.

Ein Rhododendron blühte Mohammed zum Firmament.

»Weine nicht Mädchen, ich muß den heiligen Stein und die ungastliche Heimat für einige Zeit verlassen. Ich werde aber zurückkehren, ihn als letzten Stein in mein Gebäude einzufügen. Geh zu Abu Bekr, zu Talha und den übrigen und bescheide sie heimlich in die Höhle des Berges Thaur unterhalb der Stadt.«

Iblis, der Böse, der von Mohammeds Plänen erfuhr, sandte einen Meuchelmörder, ihn in der letzten Nacht im Schlafe zu überfallen. Da dieser an Mohammeds Bett schlich und den grünen Mantel aus Hadhramaut von ihm zog, den Dolch gezückt, bereit, ihn Mohammed in die Kehle zu stoßen, sah er einen unirdisch schönen Jüngling im sanftesten Schlaf.

Klirrend fiel dem Mörder der Dolch zu Boden, und stöhnend stürzte er auf seine Stirn.

In der Höhle des Berges Thaur trafen sich nächtlich die Gläubigen, zur Auswanderung gerüstet.

Mohammed ritt mit Aischa, die ein Kind von ihm unterm Mieder trug, auf einer mageren Kamelin, dem ärmlichsten Tiere der Karawane.

Am Abend aber, als es sie hungerte, und Ali die Kamelin molk, molk er viele Eimer voll. Als sie sich zum Schlaf niederlegten, standen Dattel- und Feigenbäume um ihr Lager, und sie aßen und tranken sich satt. Maria sagte:

»Wir wandeln in einem Garten der Wunder. Das Leid liegt hinter einem Rosenbusch. Palmen fächeln uns: freiwillige Diener unserer Einsamkeit. Ich bin so jung und schön. Küsse mich, Geliebter ...«

Schon winkten die Dattel- und Lotoshaine des eine Stunde von Medina gelegenen Berges Koba. Von Granatäpfeln, Zitronen, Pfirsichen und Orangen wehte ein Duft in die erregten Nüstern der Menschen und Tiere.

»Siehe«, sprach Aischa und deutete mit entflammter Hand nach dem gesegneten Hügel, »das Paradies!«

Mütterlichen Entzückens voll gedachte sie der Zukunft des Kindes, das unter ihren Brüsten leise hämmerte: wie ein verschütteter Bergmann, der zum Lichte will.

Klare Bäche sprangen vom Berge bis an ihre Füße.

Al Kaswa, Mohammeds Kamel, kniete nieder und trank.

Noch heute wird die Stelle, wo es in die Knie sank, dem Pilger von frommen Gläubigen gezeigt, welche dort, zum Andenken an Mohammeds Kamel, eine Moschee namens Al Takwa errichtet haben.

Mohammed ließ am Bache rasten.

Kaum war er aus dem Sattel gestiegen und hatte Aischa und Maria von ihren Kamelen gehoben, als eine Schar Aussätziger, schmutzig und schreiend, aus den Wein- und Aprikosengärten vom Berge Koba herniederbrach: wie Schlangen oft aus Blütenbüschen züngeln.

Die Leute von Medina pflegten ihre Kranken auf den Berg Koba zu schaffen, wo eine reine heilsame Luft wehte und die Natur sie selbst ernährte.

»He, mein Freund«, krächzte der Anführer der Aussätzigen, der sich an zwei Ästen als Krücken, wie ein Marabu hüpfend, fortbewegte:

sein linkes Bein war nur mehr ein grüner Stumpf und von weißen Maden zerfressen – und »wenn du ein Prophet bist, so beweise es dadurch, daß du ein Wunder tust: an uns, den elendesten und erbärmlichsten der Geschöpfe. Wir sind an Felsen geschmiedet gleich dem griechischen Gott, und Adler und Raben, Würmer und Ratten fressen uns bei lebendigem Leibe ... Hilf uns, Mohammed, und wir wollen dir glauben!«

Der Alte schwenkte flehend seine Krücke.

Und wie im eingeübten Chorgesang wiederholte blökend die Herde der Unreinen und Aussätzigen:

»Hilf uns, Mohammed, und wir wollen dir glauben!«

Ein leeres Auge glotzte wie ein Kiesel zum Himmel. Beinstümpfe bebten.

Eitrige Leiber krampften sich im blöden Gelächter. Auf blutenden Stirnen sammelten sich graue Wolken von Fliegen. Verfaulter Atem verpestete die Luft: unruhig scharrten Kamele und Pferde den Boden.

Aus Beulen tropfte bräunliche Flüssigkeit ins Gras, das alsobald verdorrte. Wangen klafften auseinander, und in die offene Mundhöhle kroch, eine silberne Schlange, die Sonne.

Entsetzt wichen die Moslems zurück, feindselig eine Wand von Blicken zwischen sich und den Aussätzigen aufrichtend.

Mohammed trat in den Kreis der Aussätzigen, der sich trillernd und quakend hinter ihm schloß.

Er warf das Haupt in den Himmel: »Herr, schenk mir ein Wunder! Ich möchte fürder nicht gehen, wenn diese humpeln, ich möchte nicht rein atmen, wenn diese verfaulten Lungen ächzen, nicht blicken, wenn sie mit erblindeten Gesten in die Räume tasten. Vergib mir, Herr, wie ich dir vergebe, und glaube mir, so will ich wieder an dich glauben! Es ist so viel des Elends, daß ich fast verzage ...«

Da die Aussätzigen das Licht auf Mohammeds Stirn sahen, fielen sie anbetend zur Erde.

Mohammed berührte jeden mit seinem Stabe und sagte selig:

»Sei geheilt!«

Da entsprang der erste und war ein langohriger brauner Hase. Der zweite schrumpfte zur winzigen Maus zusammen und suchte sich piepsend ein Loch. Der dritte schwang sich als gläserne Libelle in die Lüfte. Der vierte wieherte und war ein Pferd, das den Genossen sich gesellte. Der fünfte war ein Feuersalamander, der zwischen den Steinen schillernd dahinschoß. Der sechste fand sich brav als Esel wieder, der siebente lockte als Tauber gurrend sein Weibchen. Und jeder war ein Tier, war gut und glücklich ...

Als Mohammed zu den Gefährten zurückkehrte, da schien es ihnen allen, als hätten sie geträumt.

Die Wand der Blicke war gefallen.

Sie ritten schon im Schatten des Berges Koba. Von Granatäpfeln, Zitronen, Pfirsichen, Orangen wehte ein süßester Duft in ihre erregten Nüstern.

Und leise, im Halbschlaf, sprach Aischa, an Mohammed geschmiegt: »Das Paradies!«

Mohammed erreichte Medina, als das Gestirn sich nach Westen wandte und zwölf Nächte vom Monat Rabia-l-awwal verflossen waren.

Die von Medina lebten in vererbter Feindschaft mit denen von Mekka.

Sie nahmen den Propheten mit Jubel auf und zogen ihm mit Zimbeln und Gesang entgegen.

»Das Glück hat die von Mekka verlassen«, sangen sie, »und sucht seine Zuflucht im ragenden Medina. Der neue Gott flieht vor den alten Göttern, aber er wird sich wenden mit Schild und Axt und Speer und wird zerschmettern ihr tönernes Haupt und ihre hohlen Bäuche. Die aber um die Götter glucksen, wie gackernde Hennen: ihnen wird man die Augen aus dem Kopfe reißen, mit denen sie die Sonne befleckten, und man wird ihre Leiber in die Zisternen werfen, daß der Regen sie ersäufe und die Schakale sie fressen.«

Mohammed predigte von der Mauer herab, gestützt auf Ali, denn die lange Reise war ihm beschwerlich gewesen:

»Leute von Medina! Der Prophet segnet euch und schwingt seine Fahne über euch! Ich gebe mich in eure Hand, gebt euch denn in meinen Geist, und traut mir, wie ich euch vertraue. Medina sei die Burg des lautren Gottes! Es wird niemand in seinem Dienst dem Tode anheimfallen, der nicht in das Paradies eingeht. Er wird schön gekleidet und edelsteingeschmückt bei schlanken Engeln verweilen, im Kreise erlauchter Freunde. Hundert Knaben werden einen jeden Frommen bedienen: mit goldenen Schüsseln werden sie aufwarten und kristallenen Pokalen. Ewig wird Wein auf seinem Tische stehen und weißes Fleisch von jungen Tauben. Er wird essen, ohne satt, und trinken, ohne trunken zu werden, der letzte Bissen wird ihm munden wie der erste. Muntere Mädchen werden tanzend ihn berauschen, und ihre Hautfarbe wird sein wie der Glanz des Vollmondes. Hundert Frauen, die ihre Jungfräulichkeit stetig neu gewinnen, werden ihn liebend beglücken. Dattelbäume beschatten ihn unsterblich. Glocken klingen aus jedem Gesträuch, wie Äolsharfen, in den Wind gehängt. Fontänen sprühen Weisheit. Kühlung weht aus silbernen Seen, und er wird sanft entschlafen im Schöße des schönsten Engels.«

Da schrien die Leute von Medina:

»Wir glauben dir, Mohammed, und deinem Gotte, der soviel Seligkeit zu verschenken hat. Sei unser Feldhauptmann im heiligen Streite!«

Da ließ Mohammed von Ali die grüne Fahne über ihnen schwenken und krümmte die Finger seiner rechten Hand:

»Schwört bei dieser Fahne, mich nie zu verlassen, in Armut und Elend nicht, in Rausch und Reichtum nicht, in Krieg und Frieden nicht, im Diesseits und Jenseits nicht!«

Die Leute von Medina warfen die Arme in die Luft und krümmten die Finger ihrer rechten Hand wie Mohammed:

»Wir schwören bei der grünen Fahne des Propheten, dich, Mohammed, nie zu verlassen: in Armut und Elend nicht, in Rausch und Reichtum nicht, in Krieg und Frieden nicht, im Diesseits und Jenseits nicht.«

Über ihnen auf der Mauer flatterte die grüne Fahne im Winde: der silberne Halbmond bog sich wie Über ihnen auf der Mauer flatterte die grüne Fahne im Winde: der silberne Halbmond bog sich wie eine zur Ernte erhobene Sichel.

Mohammed ließ einen Graben um Medina ziehen und verkündete die Errichtung des Staates Medina. Von den umliegenden Stämmen erschienen bald Abgesandte und zollten ihm Tribut. Er führte eine

Armensteuer ein und schenkte sämtlichen Sklaven und Sklavinnen Medinas die Freiheit.

Aischa gebar ihm auf dem Dach seines Hauses, in den Armen Marias, der Koptin, einen Sohn; der ward der Vater der Kalifen.

Am Tage seiner Geburt begann Mohammed mit dem Bau der Moschee. Er hatte eine Schürze umgetan wie ein Werkmann und arbeitete mit Hammer, Spaten und Spachtel inmitten der Maurer. Und legte das Werkzeug nicht eher aus der Hand, als bis die Moschee vollendet war.

Die Moslems aber sangen:

Seht den Propheten: ganz einer der unsern. In Demut gekniet vor dem Werke wie wir. Nichts ist ihm zu unwert, zu handeln zum Heile. Herr: türme die Kirche, beglänze die Kuppel, erhöhe den Miedern, erleuchte das Licht!

Mohammed stand auf dem Turme der vollendeten Moschee und richtete den Blick wie einen Pfeil nach Mekka:

»Gott läßt zum zweitenmal nicht einen Stern vom Himmel fallen. Des schwarzen Steines Schimmer umgibt mit Gloriole mein alterndes Haupt. Ach, vielleicht auch ist es Sehnsucht nur des kindlichen Herzens nach der Heimat: nach den Wiesen, wo der Knabe mit den Kühen und Eseln sprang. Nach der guten, dicken Amme Halimeh. Dem Herdfeuer Abu Talibs. Den Weissagungen des Mönches Bahirah. Warum sah ich niemals meine Mutter? Saß niemals auf ihren Knien und spielte Reiter? Empfing von ihrem Munde nicht die mütterliche Lehre des edlen Ehrgeizes? Der Erhabenheit des Gewissens? Es zieht sich mir das Herz zusammen, als hätte ich es in Essig getaucht, wenn ich darüber sinne.

Warum, o Gott, läßt du mit neuer Offenbarung so lange auf dich warten? Was steht mir noch bevor?

Ich flehte dich um den Besuch meines Freundes, des Engels Gabriel. Er aber verzog.

Ich hatte einen Traum: da hing ich am Galgen. Ehe ich aber den letzten Seufzer ausstieß, floß Same von mir zur Erde. Dem entsproß eine Sonnenblume, von Farbe und Gestalt, wie ich sie niemals sah.

Herr, laß mein Schwert nicht schartig und meinen Schild nicht rostig werden!«

Des Nachts, nach dem Gebet der Abendröte, erschien Gabriel auf einem weißen, prächtig geschirrten Schimmel und sprach:

»Schwing' dich hinter mir aufs Pferd, Mohammed!«

Mohammed entbrannte:

»Mein Freund, daß ich dich wieder habe!« Er bestieg hinter Gabriel den Schimmel. Sie galoppierten in den Wolken und erblickten nach zwei Stunden die Zinnen von Jerusalem.

Am Ölberg machte der Engel halt, schwang sich vom Pferd und hielt Mohammed die Steigbügel:

»Steig ab, Mohammed, wir sind am Ziel.«

Mohammed sprang strahlend zur Erde. Abraham, Moses und Christus traten auf ihn zu, umarmten ihn und nannten ihn: Bruder! Sie beteten zusammen, und Mohammed las ihnen aus seinem ungeschriebenen Buche, dem Koran, vor. Als er geendigt, hingen Tränen an aller Wimpern, und Christus küßte ihn.

Da es Mohammed dürstete, brachte ein Engel ein Tablett mit drei Bechern. Im ersten duftete Wein, im zweiten blinkte Milch, im dritten schien Wasser.

Mohammed wählte das Glas mit Milch, und nach ihm tranken Christus und die Propheten daraus.

»Ich weiß«, sprach Mohammed, »hätte ich das Gefäß mit Wasser gewählt, so wäre meine Lehre wie Wasser in der Wüste verflossen. Hätte ich Wein getrunken: sie wäre in Irrglauben erstickt. Mit der Milch meiner Milde will ich sie kräftigen.« –

Am frühen Morgen, vor Sonnenaufgang, leitete Gabriel den Propheten nach Medina zurück.

Mohammed erzählte von seiner nächtlichen Reise Maria, Aischa, Ali, Talha und dem alten Abu Bekr.

»Hat dich, wie du berichtest, auf dem Rückweg der Engel durch Jerusalem geführt, so erzähle mir einiges von Jerusalem, seiner Lage, seinen Straßen, Kirchen und Palästen.«

Mohammed lächelte und erzählte Abu Bekr von Jerusalem.

»Bei Gott«, erstaunte Abu Bekr, »ich war selbst in jungen Jahren in Jerusalem. Du sprichst wahr!«

Mohammed beschloß, Mekka und das Heiligtum zu erobern. Denn er hatte vernommen von Anschlägen, die Otba und Iblis gegen ihn und Medina planten, und gedachte ihnen zuvorzukommen.

Er raffte in Eile ein Fähnlein, etwa fünfhundert Mann, zusammen und schlug die Straße nach Mekka ein.

Auf der Mitte des Weges aber traten ihm Otba und Iblis mit einem Heer von zweitausend Mann entgegen.

Mohammed schwenkte die grüne Fahne und rief:

»Wer heute fällt, wird in das Paradies eingehn!«

Brüllend stürzten sie sich dem Feinde entgegen.

Iblis auf seinem Rappen kreischte belustigt:

»Er ist wahnsinnig geworden!«

Jauchzend gab Hind, Otbas Tochter, das Zeichen zum Angriff:

»Tapfer, tapfer, ihr Söhne Abd Eddars! Fahrt ihnen wie Tiger an die Gurgeln, Kureischiten! Sucht Mohammed, ihren Führer und Verführer, der Lat und Uzza, eure Götter, beschimpft und besudelt hat! Lat und Uzza sind mit euch! Zeigt euch ihrer nicht unwürdig. Iblis auf schwarzem Rappen wird euch führen! Schleudert ihnen die Lanzen mit Widerhaken in den Bauch, daß die Gedärme wie Schlangen aus ihrer Höhle hervorbrechen! Gedenket eurer Mütter, Frauen und Töchter, die euch folgen! Gedenket, wie sie, wenn ihr unterliegt, geschändet dem Feinde anheimfallen! Stürmt vorwärts, ihr Söhne Abd Eddars! Kehrt einer dem Feinde den Rücken, so sollen geliebte Arme ihn nimmer umschlingen! Kein weiches Polster wird ihm von seiner Geliebten bereitet sein! Sie wird sich verachtungsvoll von ihm wenden und ihren Leib den Helden schenken! Tötet, tötet!« jubelte Hind.

Die Gläubigen wurden umzingelt und, so wild und verzweifelt sie kämpften, zur Flucht gezwungen.

Gabriel sandte Mohammed den Schimmel, auf dem er, das Haupt mit Asche bestreut, die Fahne um seinen Leib geschlungen, an der Spitze seiner Getreuen entfloh.

Iblis, auf seinem Rappen, reckte ihm die verdorrte Faust nach.

Hind, die Tochter Otbas, die sich Iblis auf dem Schlachtfeld zwischen den Leichen brünstig zu eigen gab, verstümmelte mit den Frauen der Kureischiten die gefallenen Moslems. Sie schnitten ihnen Ohren, Nasen und die Zeichen ihrer Männlichkeit ab. Aus den Ohren und Nasen verfertigten sie Fuß- und Halsbänder, die sie beim Einzug in Mekka trugen.

Die Kureischiten verfolgten Mohammed bis vor die Mauern von Medina, gegen das sie vergeblich anrannten.

Mohammed erkannte, daß er übereilt gehandelt und sich schlecht zur Eroberung des Heiligtums vorbereitet hatte.

Er geißelte sich vierzehn Tage, daß ihm das Blut in Bächen vom Körper rann, nahm keinen Bissen Brot und betete für die gefallenen Moslems.

Am fünfzehnten Tage erschien ihm nach dem Gebete der Abendröte Gabriel. Er stellte eine silberne Leiter an, auf der Mohammed empor zum Himmel stieg.

Moses stand am Tor der Wache und sprach:

»Was wünschest du, Mohammed?«

Mohammed neigte sich:

»Ich habe gesündigt durch schlecht getane Tat. Ich komme, für die Seelen meiner gefallenen Freunde Gnade und Verzeihung zu erbitten.«

Moses sprach: »Sie sei, auf deine Fürsprache, ihnen gewährt«, und führte ihn bis in den siebenten Himmel zu den letzten Wonnen der Erkenntnis, zu Gott.

Und Mohammed fragte, in eine Wolke versunken, Gott, wieviel Gebete er seinem Volke täglich auferlege.

Da antwortete Gott durch Moses: »Fünfzig!« Da sprach Mohammed: »Herr, es sind nicht alle Menschen so stark, daß sie fünfzig Gebete täglich ertrügen. Sind nicht die meisten schwach und elend, und ist nicht ihre Brust mit Qualen gefüllt? Ich will wohl täglich tausend Gebete verrichten: laß meinem Volke die Gebete nach!« Da forderte Gott von Mohammed durch Moses vierzig Gebete von seinem Volk.

Mohammed aber sprach: »Das Gebet ist mühsam und mein Volk ist schwach, laß, Herr, noch größer deine Milde walten!«

Und Gott erließ seinem Volke auf das unaufhörliche Flehen Mohammeds alle Gebete bis auf fünf: das Morgengebet, sobald die Morgenröte erblinkt, das Mittaggebet, wenn die Sonne im Zenith steht, das Nachmittaggebet, wenn die Sonne nach Westen sank, das Abendgebet, wenn die Sonne unter den Horizont taucht, das Nachtgebet, wenn der letzte Schein der Abendröte von den Lippen der Nacht aufgesaugt wurde.

Mohammed rüstete ein Jahr zum Zuge gegen Mekka und brachte zehntausend Mann zusammen.

Maria, die Koptin, lief, die zweite Sure des Koran singend, durch die Stadt:

»Wir sind Gottes. Unser Weg kam von ihm. Unser Weg führt wieder zu ihm zurück. Bestreitet für Gott, welche sind wider Gott! Und also wider euch! Seid wild und mutig: der Geist befeuere euch! Aber artet nicht aus: laßt die Zügel eurer Pferde nicht los, denn Gott liebt nicht die Zügellosen. Bekämpft sie nicht am heiligen Hause, bis sie euch selber dort bekämpfen. Dann aber tötet sie, tötet sie und werft sie in die Kloaken. Denn Frevel ist ärger denn Tötung.

Wir sind Gottes und zu ihm kehren wir zurück.«

Mohammed zog aus Medina aus, beglänzt von Zuversicht und bekränzt mit Liebe.

Voll Entsetzen vernahm Otba von den fürchterlichen Rüstungen Mohammeds.

Kundschafter hinterbrachten sie ihm, als er die Nacht in einem Knabenbordell der alten Stadt verschlief.

Mit der Morgenröte bestieg er sein Pferd und ritt heimlich aus Mekka, Mohammed entgegen.

Er traf ihn auf dem alten Schlachtfeld, wo noch die Knochen der gefallenen Moslems bleichten.

Er ritt bis an Mohammed heran, das Alter hatte sein Haupthaar kalkig geweißt, und sagte:

»Ich bin Otba, dein Feind. Ist es wahr, was man mir berichtet hat, daß du zehntausend Mann gegen Mekka aufgeboten hast?«

Mohammed gebot grimmig:

»Überzeuge dich!«

Und er ließ seine Truppen in Parade antreten und in Kolonnen zu je hundert mit ihren Bannern vor dem Feldherrn der Feinde defilieren.

Otba saß wie ein Affe zusammengekauert auf seinem Falben und zählte die Kolonnen.

Mit einem Ruck warf er sich und sein Pferd herum gegen Mohammed:

»Es ist wahr, was man mir erzählt hat. Bist du unerbittlich, uns zu vernichten?«

»Ich will euch nicht vernichten, ich will euch zum Leben erwecken. Denn Gott ließ mich wissen: bestreitet für Gott, welche sind wider Gott und also wider euch!«

Otba kaute mit seinen zahnlosen Kiefern:

»Was kann ich tun, die Kureischiten zu erretten?«

»Übergib mir Mekka und das Heiligtum und zerstöre die Götzen Lat und Uzza, die es verunreinigen.«

Otba sann.

Die Sonne kämmte seinen Scheitel.

»Laß uns die Götzen noch auf ein Jahr, daß wir so plötzlich sie nicht verlieren und an uns Irrewerden ...«

»Ihr rennt wie geblendete Stiere in Wildnis und Irre ...«

Otba rutschte vom Pferde in die Knie:

»Sieh mich alten Mann, den Häuptling der Kureischiten, deines Mutterstammes, vor dir im Staube! Laß uns die Götzen einen Monat noch!«

»Ich bin kein Händler. Ich lasse nicht mit mir feilschen.«

Ali, der Jüngling, erglühte vor Scham.

»Erlaube mir, Mohammed, ihm das Haupt abzuschlagen!«

Mohammed schüttelte abwehrend den Kopf.

»Ich gebe ihm freies Geleit nach Mekka zurück. Er soll verkünden, was er sah. Ich will kein Blutvergießen ohne Nutz und Frommen. Denn Gott ließ mich wissen: seid wild und mutig! Der Geist befeuere euch! Aber artet nicht aus: laßt die Zügel eurer Pferde nicht los, denn Gott liebt nicht die Zügellosen … Ich fordere, Otba, von den Kureischiten, daß sie alle Waffen: Lanzen, Speere, Schwerter, Dolche, Bogen und Pfeile, zu einem Haufen vor dem Heiligtum zusammentragen. Daß niemand, weder Mann noch Weib noch Kind, sich bei meinem Einzug auf den Straßen antreffen läßt. Wer in seinem Hause bleibt, soll geborgen sein. Sein Leben und sein Eigentum sei unverletzlich.«

Otba berief die Ältesten und Edlen der Kureischiten zum Rate.

»Mohammed zieht gegen uns mit zehntausend tapferen Streitern. Wir sind vor ihm wie herbstliche Blätter im Winde. Schichtet die Waffen: Lanzen, Speere, Schwerter, Dolche, Bogen und Pfeile, vor dem Heiligtum zu einem Hügel zusammen. Verberge sich ein jeder in seinem Haus, so soll sein Leben und Eigentum unverletzlich sein.«

Die Ältesten und Edlen eilten durch die Stadt und trugen die Kunde von Haus zu Haus.

Hind aber, Otbas Tochter, lief ihm aus dem Rathaus auf die Straße nach, zerrte an seinem weißen Bart und schrie:

»Seht den schmutzigen Affen, er war im Lager der Feinde. Er verrät uns.«

Iblis, der Einäugige, der den beiden begegnete, zog sein Messer und stieß den Greis nieder.

Der Vortrupp der Moslems, der durch das Tor Beni Scheiba in Mekka einzog, fand auf den Straßen keinen lebenden Menschen. Nur die Leiche Otbas, des Greises, lag, die Stirne im Kot, vor dem Rathaus, den Dolch des Iblis im Nacken.

Als Mohammed, der den Schimmel Gabriels ritt, in die Straße, die nach der Kaaba führte, einbog, sprengte ihm in voller Ausrüstung Iblis, der Böse, auf dunklem Rappen entgegen. Sie kreuzten die Schwerter. Im siebenten Gange hieb ihm Mohammed das Haupt ab. Ein Moslem, der den rollenden Kopf ergriff und die Trophäe den Kameraden weisen wollte, hielt plötzlich einen verrunzelten Kürbis in der Hand.

Iblis' Rumpf raschelte, ein gelbes vertrocknetes Strohbündel, vom Rappen.

Siebenmal umkreiste Mohammed auf seinem Pferde das Heiligtum.

Dann sprang er herab, überließ die Zügel Ali, dem Jüngling, und betrat die Kaaba.

Er hob das Schwert und zerschlug die Götzen Lat und Uzza.

Er umarmte den heiligen Stein, der einst vom siebenten Himmel gefallen war, und küßte ihn siebenmal.

Sieben Stunden lag er vor dem Stein im Gebet.

Er bedeckte ihn mit der grünen Fahne und trat vor das Tor der Kaaba:

»Moslems, Gott gab euch Ruhm und Ehre vor allen, da ihr das Heiligtum erobertet, ohne einen Tropfen Blut zu vergießen. In Friede und Freiheit werde künftig die Wallfahrt zu ihm gestattet. Wer immer nach Mekka zum Heiligtum pilgere, sei unantastbar. Gott hat Mekka geheiligt an dem Tage, da er Himmel und Erde schuf. Und Mekkas Erde bleibe heilig bis zu den Posaunen der Auferstehung!«

Mohammed kehrte, vom Jubel der Gläubigen umbraust, nach seiner Hauptstadt Medina zurück.

Mohammed besaß ein zahmes schwarzes Kaninchen, das er sehr liebte. Es teilte morgens seine Milch mit ihm und schlief auf seinem Bett.

Es spielte um ihn, wenn er im Garten sich erging.

Eines Tages ward es an seiner zweispaltigen Lippe von einer Schlange gebissen.

Vom Schüttelfrost gepackt, die Augen geschlossen, riß es den Mund auf und zu und duldete unsagbare Schmerzen.

Aber kein Laut war ihm vergönnt, die Qualen kundzutun.

Mohammed bettete es an seine Brust, die Tränen jagten ihm über die Wangen.

Wie kann ich dir helfen? Es ist ein Abgrund zwischen uns, so tief, Gott selbst vermöchte keine Brücke zu schlagen. Stürbe ich mit dir, so wäre ein Gemeinsames, das uns zur Brüderlichkeit zwänge.

Schon streifen die Flügel der Fledermaus auch meinen erlöschenden Tag, und ich sterbe, hilfloses Tier, einsam und hilflos wie du – mögen geliebteste Menschen auch mich seufzend in Armen halten ...

Mohammed erwachte und sah den goldenen Vogel um die Ampel schweben. Und er rief Maria, die Koptin, und sprach: »Die Wände des Zimmers sind zerrissen, da der Meister das Tor vermauerte und die Fenster mit wilden Pflanzen verklebte. Efeu schlang sich um meine Blicke und Winde wand sich um meine Füße. Nun stürzte die steinerne Wand gen Westen und ließ die Sonne herein. Ach, nun erst, da sie sinkt, seh ich sie steigen. Bin ich wie eine Blume, die sich entfaltet und die sich nie mehr schließen möchte. Mit tausend Blütenblättern kralle ich mich ans Licht. Siehst du den goldenen Vogel auf der roten Wolke schweben?«

Mohammed warf seine wilden Augen wie Steine zur Ampel empor. Maria erschrak.

»Herr, es ist die Ampel, die dich verwirrt. Ein Sonnenstrahl hat sich in ihr wie in einem Käfig gefangen.«

Mohammed sprach:

»Bringe mir Wasser!«

Maria enteilte.

Da sie mit dem Krug auf der Schwelle stand, entfiel er ihren Händen und zerbrach klirrend.

Sie bückte sich verscheucht nach den Scherben und schrie.

Das Wasser aber floß bis an das Lager Mohammeds, der die Hand hineintauchte und sich die Stirne schmerzlich kühlte.

Das Wasser ist beflissen, ihm zu dienen, sann Maria. Er bändigt die Elemente. Daß doch mein armes Herz, ach, nie zur Ruhe, nie zu Mohammed kommt.

Mohammed ließ die Hand in die Nässe hängen.

Ein Bergbach plätschert über meine spielerischen Finger. Ich habe nicht verlernt zu spielen. Werde zur Kugel, Bach, daß ich dich balle und, frohes Kind, mit Mutter Erde und Vater Gott Fangball spiele.

Er ballte das Wasser zur Faust.

Und Maria sah, wie er eine silberne Kugel in Händen hielt.

Er warf sie in die Luft, wo sie strahlend zerplatzte.
In der Ampel, der goldene Vogel, zwitscherte.

Der Himmel bezog sich mit Wolken.
Ängstlich schrien die Hühner, und die Hunde bellten.
Mohammed stöhnte.
»Die Wand steht wieder da, und das Tor glotzt, groß geöffnet.
Der silberne Ball entsprang meiner Hand.
Die rote Wolke verdampfte.
Der goldene Vogel stürzte, vom Pfeile meiner Blicke durchbohrt, blutend zu Boden.
Gewürm kriecht aus den Kellern.
Magere Molche.
Fette Frösche.
Schillernde Schlangen.
Blinde wanken winselnd durch die Gassen, von krötigen Kindern irr lallend geführt. Weiber gebären Wahnsinn. Boten aus bunteren Ländern bringen böse Nachricht. Ewiger Krieg. Ewiger Krieg. Flüsse springen durstig über ihre Ufer. Es regnet Wanzen. Menschen werden nur geboren als Zwillinge: Bauch an Bauch oder Rücken an Rücken, qualvoll gekettet.
Kein Schlaf hängt mehr die Schleier seiner Güte um unsere erblassende Stirn.
Unselige Wetter drohen unsern Türmen.
Maria, rufe mir Ali, den Jüngling, und Talha, den Schönen. Auf ihre Schultern gestützt, will ich das brennende Haus verlassen, wenn der Blitz es erschlug.«

Weinend knieten Ali und Talha am Kopfende seines Lagers.
Zu seinen Füßen saß Maria, tränenlos und taub vor Schmerzen.
Und Mohammed sprach:
»Ali, du Junger, und Talha, du Schöner: ihr noch: Zauber der Zukunft! Ich verfalle, und morsch ist mein Gebälk von der Last des Himmels und den Stürmen der Erde. Wenn ich gestorben bin, fürchtet euch nicht! Zieht mir die lederne Haut vom Leibe wie einem gefallenen Tier, das dem Abdecker gebührt. Und dreht mir die Arme

aus den Gelenken und werft sie in die Wüste, daß die Schakale sie benagen und die Sonne sie dörre. Bespannt eine Trommel mit meinem Fell und schlagt darauf mit den Klöppeln meiner Knochen, daß sie die Gläubigen rufe zum heiligen Kampf, zum strahlenden Gemetzel, zur ewigen Schlacht, zum süßesten Sieg.«

Sie deckten über Mohammed einen gestreiften Mantel, daß nicht Fliege und Ungeziefer seinen Frieden surrend beschmutze. Und Ali erhob sich und sprach: »Bei Gott, Mohammed ist nicht gestorben. Er ist zu seinem Herrn gegangen, wie Moses, der vierzig Tage sein Volk gemieden und erst am einundvierzigsten zurückkehrte, nachdem man schon die Totenfeier für ihn gerichtet. Bei Allah, der Gesandte Gottes wird zurückkehren und denen, die ihn totsagten, das Maul zerschmettern.«

»Wenn du mich liebst, Talha«, Maria, die Koptin, lehnte sich an seine Schulter, »so tötest du mich. Ich habe den Mut nicht dazu. Töte mich und bette meine Leiche an die seine, daß ich im Himmel neben ihm erwache.«

Talha, dem leichter Schwung der Rede nicht gegeben, schüttelte das schöne Haupt.

»Ich kann nicht töten, was von sich aus lebt und leben will ...«

Da entwich Maria, die Koptin, aus dem Haus.

Sie lief mit wunden Füßen nach dem Berge Koba, dem Hort der Aussätzigen.

Vergehend vor Wildheit und Verlangen nach dem Tode, umarmte sie Otmar, einen jungen Kesselflicker, dem der Aussatz die Brust zerfraß. In seine Wunde bettete sie ihren Kopf und küßte ihm den Eiter aus den Löchern.

Otmar, der Kesselschmied, weinte an ihrer Leiche und schüttete Granatäpfel-, Orangen- und Pfirsichblüten über sie.

Er verbrannte sie heimlich und streute die Asche beim Gebet der sinkenden Sonne in den Westwind.

Mohammed lag drei Tage unbeerdigt, wie es den Gebräuchen entsprach.

Am vierten, als Ali und Talha mit der Waschung Mohammeds beschäftigt waren, trat ein uraltes Männchen ins Haus. Seine fleischlosen Arme schlugen wie Klöppel klappernd an die zersprungene Glocke seines Körpers. Sein eisgrauer Bart wehte fransig bis über die Knie.

Die Augen rollten wie Glaskugeln hörbar in ihren Höhlungen.

»Wer bist du, Alter?« fragte Ali, »du störst die Ruhe des milde Schlafenden. Der Tod weilt im Haus.«

Auf Zehenspitzen hüpfte der Greis an Mohammed heran, dessen Haupt an der Brust Talhas lag, während Ali das Wasser über ihn goß.

Der Greis hob spitz den Zeigefinger:

»Wie schön ist er im Leben und im Tode!«

Er verneigte sich dreimal, die Hände über dem dürren Leib gekreuzt:

»Ich bin Bahirah, der Mönch, und gekommen, dich noch einmal zu betrachten, Mohammed. Hundertunddreißig Jahre sandte mir der Herr, und ich habe sie getragen, in Demut und Würde, gefaßt und begreifend. Zwei Tage ragen wie Schneegipfel aus der Ebene meiner Jahre: da ich dich, Mohammed, ins Leben gehen, und heute, da ich dich scheiden sehe. Ich habe gewissenhaft und streng das heilige Buch verwahrt, das Gott in meine Höhle legte. Jeden Morgen las ich darin – und ich las, o Mohammed, was du geschrieben: was du gesagt, gedacht, geahnt, geträumt, gewollt. Unsichtbar schrieb eine starke Hand im heiligen Buche deine Lehre, dein Leben – bis es erfüllt ward. Da zersprang die Kette – und das Buch war frei ...«

Der Alte wandte sich an Ali und Talha, die ihm lauschten:

»Ich habe es meiner Eselin aufgeladen, die ich draußen an die Säule band. Ich habe es mitgebracht, es in der Moschee an geweihter Stelle niederzulegen, denn Tage nur noch trennen mich von Al Dschannat, Al Araf oder Dschehenam. Dieses Buch, genannt der Koran, sei allen Gläubigen befohlen und ans Herz der Menschheit gelegt als ewig unverrückbares Gesetz. Die Fackel der Liebe leuchtet daraus und die Kerze der Verheißung. Es soll in der Moschee von Medina gelesen werden, täglich; durch hundert Priester: von Anfang bis Ende. Unaufhörlich soll tönen Gottes, des Einzigen, Wort, von Morgenland bis Abendland. Von Auf- bis Niedergang der Sonne ...«

Biographie

1890   *4. November:* Klabund (eigentlich Alfred Henschke) wird in Crossen an der Oder als Sohn eines Apothekers geboren.

1906   Klabund besucht das Friedrichs-Gymnasium in Frankfurt an der Oder. Zu seinen Mitschülern gehört Gottfried Benn.
Er erkrankt an Tuberkulose, die nie richtig ausheilt. Zeitlebens sind häufige Kuraufenthalte in der Schweiz und in Italien erforderlich.

1911   Abitur.
Klabund studiert zunächst Chemie und Pharmazie, dann Philosophie, Philologie und Literatur in München, Berlin und Lausanne (bis 1912). In keinem der Fächer macht er einen Abschluss.

1913   Erste Gedichte erscheinen in Alfred Kerrs Zeitschrift »Pan«. Autor und Herausgeber müssen sich danach wegen Veröffentlichung »unsittlicher« Verse vor Gericht verantworten, erlangen jedoch mit Hilfe der Gutachten von Frank Wedekind und Richard Dehmel einen Freispruch.
Die Herkunft des Pseudonyms Klabund, unter dem er veröffentlicht, ist nicht eindeutig geklärt. Ein Apotheker-Kollege des Vaters trägt den Namen, andere Deutungen berufen sich auf die Bildung aus »Vagabund« und »Klabautermann«.
»Morgenrot! Klabund! Die Tage dämmern!« (Gedichte).

1914   Anfängliche Begeisterung für den Krieg.
»Klabunds Karussell« (Novellen).

1915   »Der Marketenderwagen« (Erzählungen und Gedichte).
»Dumpfe Trommel und berauschtes Gong. Nachdichtungen chinesischer Kriegslyrik«.

1916   Wegen seiner Krankheit hält sich Klabund in Davos auf (bis 1918).
»Moreau. Roman eines Soldaten«.
»Die Himmelsleiter. Neue Gedichte«.

1917   Angesichts des Kriegsgeschehens wandelt sich Klabund zum

Pazifisten.

3. Juni: Er fordert Kaiser Wilhelm II. in einem Brief, der in der »Neuen Zürcher Zeitung« abgedruckt wird, zur Abdankung auf, um den Völkerfrieden zu ermöglichen.

»Mohammed. Der Roman eines Propheten«.

Nachdichtungen persischer Lyrik.

1918 Klabund bekennt sich in René Schickeles Zeitschrift »Weiße Blätter« zu seiner Wandlung zum Pazifismus.

»Bracke« (Eulenspiegelroman)

»Der himmlische Vagant. Ein lyrisches Porträt des François Villon« (Gedichte).

Eheschließung mit Brunhilde Heberle, die noch im gleichen Jahr nach der Geburt einer Tochter an einer Lungenkrankheit stirbt. Sie ist die »Irene« zahlreicher Gedichte Klabunds.

»Die Geisha O-sen« (Nachdichtungen japanischer Lyrik nach englischen und französischen Übersetzungen).

1919 Klabund wird wegen angeblicher Verbindung zum Münchener Spartakus und wegen »Vaterlandsverrat« und »Majestätsbeleidigung« verhaftet und kurze Zeit im Zuchthaus Straubing in »Schutzhaft« festgehalten.

»Hört! Hört!« (Gedicht-Flugschrift).

»Montezuma. Eine Ballade«.

1920 »Die Sonette auf Irene« (Gedichte).

Klabund verfasst Lieder und Chansons für Max Reinhardts Kabarett »Schall und Rauch«, die er teilweise auch selbst vorträgt (bis 1921).

1921 »Kleines Klabund-Buch« (Novellen und Gedichte).

Klabund wird Mitarbeiter der von Siegfried Jacobsohn geleiteten Zeitschrift »Weltbühne«.

1922 »Kunterbuntergang des Abendlandes« (Grotesken).

»Deutsche Literaturgeschichte in einer Stunde« (Abhandlung).

1923 »Pjotr. Roman eines Zaren«.

»Das heiße Herz« (Balladen, Mythen, Gedichte).

»Geschichte der Weltliteratur in einer Stunde« (Abhandlung).

1925 Zweite Eheschließung mit der Schauspielerin Carola Neher.

»Der Kreidekreis« wird zu einem der meistaufgeführten Dramen der Weimarer Republik. Klabunds Bearbeitung der chinesischen Fabel dient Bertolt Brecht zum Vorbild für seinen »Kaukasischen Kreidekreis« (1945).

1927 »Die Harfenjule. Neue Zeit-, Streit- und Leidgedichte« versammelt Klabunds Lieder und Chansons für Reinhardts Kabarett »Schall und Rauch« und für Rosa Valettis »Café Größenwahn«.

1928 »XYZ« (Komödie).

14. August: Klabund stirbt im Alter von 38 Jahren in Davos (Schweiz) an seiner unheilbaren Lungenkrankheit.

Erzählungen aus dem Biedermeier

Biedermeier - das klingt in heutigen Ohren nach langweiligem Spießertum, nach geschmacklosen rosa Teetässchen in Wohnzimmern, die aussehen wie Puppenstuben und in denen es irgendwie nach »Omma« riecht.

Zu Recht. Aber nicht nur.

Biedermeier ist auch die Zeit einer zarten Literatur der Flucht ins Idyll, des Rückzuges ins private Glück und der Tugenden. Die Menschen im Europa nach Napoleon hatten die Nase voll von großen neuen Ideen, das aufstrebende Bürgertum forderte und entwickelte eine eigene Kunst und Kultur für sich, die unabhängig von feudaler Großmannssucht bestehen sollte.

Georg Büchner Lenz **Karl Gutzkow** Wally, die Zweiflerin **Annette von Droste-Hülshoff** Die Judenbuche **Friedrich Hebbel** Matteo **Jeremias Gotthelf** Elsi, die seltsame Magd **Georg Weerth** Fragment eines Romans **Franz Grillparzer** Der arme Spielmann **Eduard Mörike** Mozart auf der Reise nach Prag **Berthold Auerbach** Der Viereckig oder die amerikanische Kiste

ISBN 978-3-8430-1884-5, 444 Seiten, 29,80 €

Erzählungen aus dem Biedermeier II

Annette von Droste-Hülshoff Ledwina **Franz Grillparzer** Das Kloster bei Sendomir **Friedrich Hebbel** Schnock **Eduard Mörike** Der Schatz **Georg Weerth** Leben und Taten des berühmten Ritters Schnapphahnski **Jeremias Gotthelf** Das Erdbeerimareili **Berthold Auerbach** Lucifer

ISBN 978-3-8430-1885-2, 440 Seiten, 29,80 €

Erzählungen aus dem Biedermeier III

Eduard Mörike Lucie Gelmeroth **Annette von Droste-Hülshoff** Westfälische Schilderungen **Annette von Droste-Hülshoff** Bei uns zulande auf dem Lande **Berthold Auerbach** Brosi und Moni **Jeremias Gotthelf** Die schwarze Spinne **Friedrich Hebbel** Anna **Friedrich Hebbel** Die Kuh **Jeremias Gotthelf** Barthli der Korber **Berthold Auerbach** Barfüßele

ISBN 978-3-8430-1886-9, 452 Seiten, 29,80 €